● *Happy Job* ●

'어디서' 일하는 게 무슨 상관이야
'무슨 일'을 하느냐가 중요한 거지

Self Career Path Counseling Guide

Happy Job

문현호 지음

도서출판 더 로드
The Road Books

2022년 가족과 함께했던 산티아고 순례길

종교는 없지만, 나와 우리 가족에게 평온한 마음을 선물해 준 고마운 시간들

(산티아고 순례길 : 철의 십자가 *Cruz de ferro*)

들어가며

나는 진로에 대한 학생들의 모든 선택을 마음으로 응원한다.

본인이 스스로 고민하고 본인의 강점으로 스스로 선택한 그 진로와 직무에 도전하는 모든 학생들이 후회 없는 선택을 할 수 있도록 내 나름 진심으로 작은 도움이라도 주고 싶어 이 책을 쓰게 되었다.

나는 사회생활을 시작한 1991년 이후 지금까지 새벽 4시에 일어난다. 새벽이 주는 오로지 혼자일 수 있는 그 시간이 나에게는 힐링의 시간이다.

새벽 첫 지하철을 탈 때마다 매일 그 안에 있는 수많은 사람들을 보면서 '저 사람들은 무슨 일을 할까?' 생각하는 버릇이 생겼다. 어디선가 주어진 일에 충실하고 있다는 방증이 새벽 첫 지하철을 타고 있다는 것이니까, 그들 한 사람 한 사람을 존중하게 된다.

이 책은 각기 다른 역할을 직무라는 이름으로 업종이라는 영역에서, 그리고 정해진 기업에서 수행하게 될 모든 학생들이, 특히 내가 직간접적으로 접한 수많은 학생들의 진로와 직부에 대한 그 답답하고 막막한 마음에 작은 진로 결정의 초석이 되었으면 하는 바람에서 펜을 들었다.

이제부터 여기 이 책에 학생 스스로 본인과의 진솔한 상담을 통해서, 내가 평생을 해야 할 그 일, 그 진로, 그 직무를 찾는 데 작은 불쏘시개가 되었으면 하는 소망이 있다.

처음 사회생활을 할 때부터 지금까지 사람과 관련된 일만 했던 30년 차 HR인생. 초기 20년, 인사채용 교육 직장생활과 HR/HRD 사업으로 보냈고, 중년에 들어서 우연한 기회에 지금까지의 10년은 대학에서 직접 학생들을 대면하며 그들과 함께 울고 웃고 지내는 동안 학교 내에서는 열 아이돌 부럽지 않게 보이지 않는 명성을 누리고 있는 중년 아이돌이 되어있다.

나는 지금 하고 있는 이 일이 너무 좋고 행복하다. 가끔은 욕도 먹지만, 학생들에게 절대적인 지지를 받으며 그들에게 작은 케어를 해주는 대상으로 살아가는 지금의 이 일에 감사한다.

그래서 10년 동안 수많은 학생들에게 상담 후 가이드해 주었던 진로 관련 내용을 진로로 고민하는 모든 청년들과 함께하고 싶어서 진솔한 현장 냄새 풀풀 나는 진로가이드를 만들어 보기로 했다.

나는 이런 상담 신청 이유를 자주 듣는다. 내가 이 책을 쓰게 된 직접적인 이유도 여기에 있다.

"진로와 취업에 대한 고민이 더 많아지고 있습니다. 저만의 장점이 무엇인지, 제가 잘하는 것이 무엇인지도 모르겠고, 다른 학생들에 비해 크게 내세울 만한 것이 없는 것 같습니다. 더 자세한 내용은 만나서 말씀드리고 싶습니다."

진로에 대해서 학생들은 어떤 고민을 하고 있을까? 단적으로 위에 적시된 내용이 10명 중에 8명 이상, 즉 80% 이상이 이런 고민을 가지고 나를 찾아온다.

그렇다면 학생들이 가지고 있는 진로와 직무에 대한 막막함을 어떤 식으로든 풀어줄 수 있는 방법을 찾는 것이 10년째 대학에 몸담고 있는 나의 최소한의 역할이 아닐까 하는 마음에 어렵게 글을 쓰기 시작했다.

수려한 글 솜씨도 없고 문장을 만들어갈 자신은 없는데, 오로지 1년에 1만여 명 학생들을 문자를 통해 간접적으로 대면하고 있고, 얼굴을 마주하는 학생도 매년 수백 명이다 보니 저절로 알게 된 다양한 사례를 공유하고자 한다.

사서 고민한다는 얘기가 있다. 누군가의 얘기를 듣고 주위와 의미 없는 비교를 하며 아파하고 있는 많은 청년들에게 얘기해 주고 싶다. 진로에 대한 막막함은 스스로를 들여다보지 않기 때문이라는 것을. 이 책을 통해 스스로 본인을 들여다보고 본인의 강점을 끌어내서 그 강점을 살릴 수 있는 직무를 찾아 자신 있게 진로를 정하여 본인의 인생을 설계할 수 있기를 진심으로 바란다.

나에 대한 희망의 끈을 놓지 않고 기회를 준 고마운 정은이와 혜정이에게 이 책을 바친다.

2023년 따사로운 봄날 새벽

문현호

책 활용방법

자신의 가치를 모르고 있는
막막하고 답답해하는 학생들에게
나도 나름 잘할 수 있는 일이 있다.
잘할 수 있는 그 일을 찾아주고 싶었다.
그 직무경쟁력을 스스로 확인할 수 있게 해주고 싶다.

이 책에는 거창한 얘기는 없다.
그러고 싶지도 않았고 그럴 능력도 없다.
단지, 수많은 학생들이 고민하는 포인트에 접근하고 싶었다.
그래서 초보적인 단계에서의 학생 개개인의 장점을 살린
그런 진로(직무)를 찾게 해주고 싶었다.
이유 없이 다운되어 있는 자신감, 그리고 잡히지 않는 막막함,
그 실체를 알게 해주고, 스스로 그 진로에 대한 고민을
풀어보게 해주고 싶었다.

이 책을 대하는 4가지 원칙

이 책은 Self로 스스로 상담해야 한다.

사기 사신에게 솔직해야 한다.

지극히 현실적이어야 한다.

비교를 하지 말아야 한다.

기업이란 조직은 어떻게 구성되어 있는가?

기업의 직무에 접근하려면 어떻게 해야 하나?

나는 어떤 강점을 가지고 있는 사람인가?

그럼 내가 가지고 있는 강점을 살릴 수 있는 직무는 무엇일까?

희미하게 잡힌 직무, 어떤 준비로 시작해야 하나?

본 책자의 컨셉은

스스로 진로를 본인 자신과 상담해 보라는 개념이다.

상대가 있는 선의의 경쟁이지만,

일단은 본인부터 파악해 보고, 그리고 싸움이라는 것을

시작해야 한다.

실체가 없는 싸움으로 힘들어하는 학생들에게

진로(직무)를 결정할 수 있는 가이드 역할을

이 책이 해주었으면 한다.

거창하게 생각하지 말고,

부담 갖지 말고,

이 책을 처음부터 함께 읽으면서

본인에게 대입시켜 보고,

작성할 것은 있는 그대로 작성하다 보면,

어느새 종착점에 이를 것이라 기대한다.

정리해 보자.

본인 자신을 있는 그대로 들여다보고,

내가 가지고 있는 것 중에서 내 강점을 찾아낸다.

직무 별 현직자를 접해 보면서 직무내용 직무역량을 파악한다.

다음에는 내 강점을 살릴 수 있는 직무역량과 매칭해 본다.

이제 내가 그동안 했던 모든 것을 소소한 작은 것까지

다 들추어내서 하나하나 정리해 본다.

그리고 그 모든 것을 하나하나 내 직무 강점과 연결한다.

이제 좋아하는 업종을 설정하고,

업종에 있는 지원 가능한 기업을 정한다.

이 과정을 천천히 쫓아왔으면 내 진로는 1차로 정리된 것이다.

이제 본격적으로 취업이라는 선의의 경쟁을 시작해 보기로 하자.

진로란 무엇인가?

진로란 나만의 일의 행복을 찾아가는 길이라고 생각한다.

일로써도 행복할 수 있다는 믿음을 가져보자.

일은 머리 아프고 억지로 하는 것이 아니라,

내가 잘할 수 있는 일로 인정받고,

스스로 그 시간이 행복하면 되는 것.

누구나 사회생활을 하는데,

나는 어떤 일을 하면서 사회생활을 할 것인가?

그것도 한두 해가 아니고 30년 이상을 일해야 하는데,

함부로 그 일을, 진로를, 직무를 설정할 수 없기에 고민은 깊어진다.

진로의 핵심은 철저하게 본인 자신을 들여다보고,

스스로 나만의 강점을 찾아내는 것이 가장 중요하다.

모두다 서울대에 갈 수 없듯이,

모두가 다 삼성전자, 네이버에 입사할 수 없다는 것부터 인정하자.

꿈은 크게 가져야 하지만,

나의 재능을 따라가다 보면 성공은 뒤따라올 것이다.

물론 성공의 기준은 개인에 따라서 다르다는 것부터

인정해야 한다.

그래서 지금 내게 있는 잠재된 재능,

무엇을 잘할 수 있고,

무엇을 좋아하는지.

잘하는 것이 하나도 없다고 하는 마음에서

그래도 내가 조금 나은 것이 뭔지.

심장이 뛰는 일이 뭔지 찾아내서

내가 스스로 결정하고,

내가 스스로 경쟁력이 있다고 확신하고

내가 지원한 것인 만큼

그 과정이 힘들다고 말하지 말고,

누가 시킨 것도 아닌데

내가 고민하고 내가 선택한 것이니

얼마나 신바람 날 것인가.

남이 강요한 것이 아니잖아.

내 의지에 따라 내가 결정하면 그게 행복인 거야.

모든 것을 긍정적으로 보고 살자.

그러면 행복해진다.

살면서 추구하는 바는 다 다르다.

더 좋은 집, 더 좋은 차, 음식, 여행 방법 등등.

당장 내 통장에 매월 얼마가 찍히는지에 집중하는 것이

인생의 목표이면 그렇게 해야 하는 게 맞는 것이다.

무엇이 내 행복의 기준인지부터 생각해봐야 한다.

반면에 본인이 정한 최소한의 금액이 매월 입금되면

칼 퇴근이 보장되고 점심도 기본적으로 해결해주고

휴가는 마음껏 붙여서 사용할 수 있는 소위 WLB(워라벨)이

중요하다면 그 선택을 하면 되는 것이다.

세상에 정답 같은 진로는 없는 것이라는 그 사실부터

인정하고 시작해야한다.

그래서 내 행복을 찾는 방향으로 진로도 결정되어야 함이다.

내 행복의 기준은 스스로 정하는 것이다.

이 책의 의미는 "Self"

스스로 찾고, 스스로 고민하고, 결국에는 스스로 결정하는 것이다.

이것이 진로(직무)를 선택하고 그 선택에 집중하는

'Job의 선택과 집중' 인 것이다.

다음에 제시하는 2023년 세부 직무는

최근 취업포탈 JobKorea에서 새롭게 제시한 세무 직무이다.

이 직무들 중에 본인의 진로(직무)가 있는 것이라고 볼 수 있다.

보기만 해도 머리가 아프겠지만,

누군가는 현재도 이런 직무들을 직업으로 삼아

일하고 있다는 것이다.

그래서 현직자에게 답이 있다는 말을 하는 것이다.

이 세무 직무를 참고해서 스스로 본인의 진로(직무)를 찾는

시작점으로 삼아 보기로 하자.

1차 분류	2차 세부 직무		
기획 · 전략	경영 · 비즈니스 기획	웹기획	마케팅 기획
	PL · PM · PO	컨설턴트	CEO · COO · CTO
법무 · 사무 · 총무	경영지원	사무 담당자	총무
	사무보조	법무 담당자	비서
	변호사	법무사	변리사
	노무사		
인사 · HR	인사 담당자	HRD · HRM	노무 관리자
	잡매니저	헤드헌터	직업상담사
회계 · 세부	회계 담당자	경리	세무 담당자
	재무 남낭자	감사	HR · 공시
	회계사	세무사	관세사
마케팅 · 광고	AE (광고기획자)	브랜드 마케터	퍼포먼스 마케터
	CRM 마케터	온라인 마케터	콘텐츠 마케터
	홍보	설문 · 리서치	MD
	카피라이터	크리에이티브 디렉터	채널 관리자
	그로스해커		
개발 · 데이터	백엔드 개발자	프론트엔드 개발자	웹 개발자
	앱 개발자	시스템 엔지니어	네트워크 엔지니어
	DBA	데이터 엔지니어	데이터 사이언티스트
	보안 엔지니어	소프트웨어 개발자	게임 개발자
	하드웨어 개발자	머신러닝 엔지니어	블록체인 개발자
	클라우드 엔지니어	웹 퍼블리셔	IT컨설팅
	QA		
공공 · 복지	사회복지사	요양보호사	환경미화원
	보건관리자	사서	자원봉사자
	방역 · 방재기사		
디자인	그래픽 디자이너	3D 디자이너	제품 디자이너
	산업 디자이너	광고 디자이너	시각 디자이너
	영상 디자이너	웹 디자이너	UI · UX 디자이너
	패션 디자이너	편집 디자이너	실내 디자이너
	공간 디자이너	캐릭터 디자이너	환경 디자이너
	아트 디렉터	일러스트레이터	
물류 · 무역	물류 관리자	구매 관리자	자재 관리자
	유통 관리자	무역사무원	
운전 · 운송 · 배송	납품 · 배송 기사	배달기사	수행 · 운전기사
	화물 · 중장비 기사	버스기사	택시기사
	조종 · 기관사		
영업	제품영업	서비스영업	해외영업
	광고영업	금융영업	법인영업
	IT · 기술영업	영업관리	영업지원
고객상담 · TM	인바운드 상담원	아웃바운드 상담원	고객센터 관리자

금융·보험	금융사무	보험설계사	손해사정사
	심사	은행원·텔러	계리사
	펀드매니저	애널리스트	
식·음료	요리사	조리사	제과제빵사
	바리스타	셰프·주방장	카페·레스토랑 매니저
	홀서버	주방보조	소믈리에·바텐더
	영양사	식품 연구원	푸드스타일리스트
미디어·문화·스포츠	PD·감독	포토그래퍼	영상편집자
	사운드 엔지니어	스태프	출판·편집
	배급·제작사	콘텐츠 에디터	크리에이터
	기자	작가	아나운서
	리포터·성우	MC·쇼호스트	모델
	연예인·매니저	인플루언서	통번역사
	큐레이터	음반기획	스포츠강사
고객서비스·리테일	여행 에이전트	매장 관리자	뷰티·미용사
	애견미용·훈련	안내데스크·리셉셔니스트	경호·경비
	운영보조·매니저	이벤트·웨딩플래너	주차·주유원
	스타일리스트	장례지도사	가사 도우미
	승무원	플로리스트	
엔지니어링·설계	전기·전자 엔지니어	기계 엔지니어	설계 엔지니어
	설비 엔지니어	반도체 엔지니어	화학 엔지니어
	공정 엔지니어	하드웨어 엔지니어	통신 엔지니어
	RF 엔지니어	필드 엔지니어	R&D·엔지니어
제조·생산	생산직 종사자	생산·공정 관리자	품질 관리자
	포장·가공 담당자	공장 관리자	용접사
교육	유치원·보육교사	학교·특수학교 교사	대학 교수·강사
	학원 강사	외국어강사	기술·전문강사
	학습지·방문교사	학원상담·운영	교직원·조교
	교재개발·교수설계	공장 관리자	
건축·시설	건축가	건축기사	시공기사
	전기기사	토목기사	시설 관리자
	현장 관리자	안전관리자	공무
	소방설비	현장 보조	감리원
	도시·조경설계	환경기사	비파괴검사원
	공인중개사	감정평가사	분양매니저
의료·바이오	의사	한의사	간호사
	간호조무사	약사·한약사	의료기사
	수의사	수의테크니션	병원 코디네이터
	원무행정	기타 의료종사자	의료·약무보조
	바이오·제약 연구원	임상연구원	

진로 고민(진로선택)의 핵심..내 강점 찾기

01 **뭘 해야할지 모르겠어요**
전공/전공 불문 부터 선택해야

02 **해놓은 것이 아무것도 없어요**
전공선택부터 되짚어보면서 스스로 정리해 봐야

03 **뭐부터 시작 해야하죠**
본인이 가지고 있는 앞으로 정해진 시간 내에 가질 수 있는 것

04 **내가 잘 할 수 있는 강점 찾기**
스스로에게 물어 보소 살면서 칭찬받았던 것을

contents

01
뭘 해야 할지 모르겠어요

02
해놓은 것이 하나도 없어요

11
알아두면 마음이 편안해 지는 말들

뭘 해야 할지
모르겠어요

뭘 해야 할지 모르겠다는 건 한 번도 내 자신을 들여다보지 않았다는 거다. 내가 할 수 있는 일이 뭔지 생각해 보지 않았다는 거는 직무가 어떤 일인지 전혀 모른다는 거. 그러므로 직무부터 파악해 보고 내 강점을 직무와 연결해 봐야 한다.

기업이 원하는 건 리더가 아니고
충실한 서포터

나는 뭘 해야 할지 모르겠다고 하는 생각의 근본은 나는 리더가 될 수 있는 능력도 성격도 되지 않는 다는 생각에서 시작된다. 그래서 나는 어떤 단체에서도 리더로서의 역할을 수행한 적이 없기때문에 나는 뭘 해야할 지 모르겠다고 스스로를 낮추고 아무 생각조차 하지 않는 경향이 있다.

그런데 아이러니하게도 기업에서는 리더로서의 역할을 많이 수행했다고 기획을 주도했다고 모든 것을 자신이 앞장서서 했다고 얘기하는 것에 큰 관심이 없다. 신입사원을 채용하는 기업 입장에서는 충실하게 기존에 있는 조직 시스템 상에서 서포트역할을 수행할 수 있는 새로운 직원이 필요한 것이기 때문에 출발점 자체에 대한 생각을 바꾸어야 한다.

지원하는 모든 사람들이 본인늘이 리너였고 딤징이었고 기획자였다고 얘기를 하는데 그게 뭐가 중요한가. 기업에 입사하게 되면 기존 조직에 기존 직무에 기존 시스템에 충실하게 지원하는 역할 즉 서포터 역할에 충실할 수 있으면 되는 것이다.

기업이 원하는 것이 충실한 서포터라면 구지 스스로 리더였다는 것을 강조할 필요한 전혀 없다는 것에서부터 내가 앞으로 뭘 해야 할 지 모르겠다는 질문에 답을 대신하고자 한다.

기업은 리더라도 본인의 고집을 부리고 나서는 직원을 원하지 않는 다는 것이다. 신입사원은 신입사원 다워야 하는 것이니 2년까지는 충실하게 기존의 시스템에 적응해 나갈 수 있는 직원을 선호할 수 밖에 없는 것이다.

그만큼 일상에서의 평범한 본인의 행동들이 앞으로 진로 직무를 설정하는데 어떤 방향으로 접근해야 할 지에 대한 출발점이 될 수 있다는 것 우리는 그 사실에 집중해서 우리의 진로를 고민해야 한다.

"뭘 해야 할지 모르겠어요" 하는 질문에 모두가 리더가 될 필요가 없다는 팩트를 제시하는 것은 그만큼 지금 있는 그대로의 본인에게서 스스로 직무경쟁력을 찾아서 진로 직무를 설정해야한다는 것을 강조해 보고자 함이다.

내가 리더는 아니지만 평범하지만 충실하게 기존 조직에서 직무에서 근무지에서 내 역할을 눈에 보이지 않게 자연스럽게 잘 수행할 수 있다는 것을 보여주면 된다는 그 현실적인 사실에 집중해 보자고 말하고 싶다.

"그래서 뭘 해야 할지 모르겠어요" 라는 질문에 스스로 Self Interview를 통해서 충실한 서포터가 되는 방법에 대해서 있는 그대로의 본인에게서 그 해답을 찾을 것을 권해본다.

대학과 전공은 성적순 선택

나는 하루에도 4~5명, 거기에 내 개인 핸드폰번호를 공유하며 문자를 통해 내가 직접 관리하는 학생이 1년에 최소 1만 명이 넘는다. 그런데 직접 문자로 소통하는 학생 수는 그렇게 많지는 않지만, 그래도 가끔 듣게 되는 학생들의 반응들.

미안하시다니요ㅠㅠ 문현호 실장님의 문자 덕분에 얻는 정보도 많고 귀찮으실텐데 학생들 다 챙겨 주시려는 그 마음 덕분에 보살핌 받는다는 느낌도 드는걸요. 항상 좋은 말씀, 좋은 정보 알려주셔서 감사합니다. 문현호 실장님 한번도 뵌 적은 없지만 그래도 상명대 학생들에게 실장님은 연예인 같은 존재라는걸 알아주셨으면 합니다ㅎ 좋은 하루 보내세요~~~!

안녕하세요! 경영학부 18학번 ███ 입니다. 실제로 뵌적은 없지만 실장님 덕분에 학교애를 느꼈고, 학교에서 학생들을 이렇게 신경써주는구나 도움을 주려고 노력하고 많은 프로그램이 있구나를 알게되어 상명대가 조금 더 가까워지고 좋아졌습니다. 저는 졸업하여 ROTC와 군장학생으로 6년4개월 복무하러 갑니다. (나름 공무원이라) 되도록이면 장기신청을 할 생각이에요! 학교 행사 중 '군인'또는'여군'이 필요하다면 언제든 연락주세요. 자대가 고양시라서 금방 넘어오겠습니다. ㅎㅎ 4년동안 감사했습니다! 건강하세요!

오전 9:06

나는 그런 반응에 행복감이 밀려오면서 책임감을 가지게 되고, 그것을 통해 내가 하고 있는 지금의 일에 만족 그 이상을 느끼고 있다.

"전공을 왜 선택했어요." 하고 물어보면 10명 중에 8명 이상이 성적에 맞추어서 입학했다고 한다. 그러면 입학한 시점부터 전공을 살릴 것인지, 다 전공으로 새로운 전공을 하나 더 만들어야 하는지, 아니면 편입이나 전과를 해야 하는지 등의 고민을 시작해야 하는데, 실제로 그런 고민을 하는 사례는 10명 중에 1명도 되지 않는다. 3학년, 4학년이 되고 나서 고민을 얘기하곤 한다. "지금 전공을 살려야 할지, 전공 불문으로 진로를 잡아야 할지 잘 모르겠어요." 라고 얘기할 때 내 대답은 하나. "늦은 거는 없는 거야. 지금까지의 대학생활을 정리부터 해보자." 그리고 정리된 내용을 살릴 수 있는 직무를 찾아보자는 취지에서. 그게 가장 현실적이니까.

첫 번째, 스스로에게 물어보는 자문.

나는 내 전공을 살려서 취업할 건가, 아니면 전공불문으로 내가 잘할 수 있는 새로운 직무로 취업할 건가 하는 답부터 정하고 시작해야 한다. 전공은 성적으로 입시차원에서 선택했지만, 취업은 성적순이 전혀 아니기 때문이다. 진로(직무) 선택은 내가 공부라는 것을 해서 성적을 잘 받는 차원이 아니라는 거, 그것부터 시작해야 한다. 영어성적, 자격증으로 취업의 당락이 결정되는 것은 아니기 때문이다.

전공을 살릴 수 있으면 최선

채용하는 입장(기업)에서는 자소서와 면접답변을 믿지 않는다. 취업을 준비하는 모든 사람들의 생각은 여기에서부터 시작해야 한다.

취업 과정은 Open Book과 같다. 온갖 취업관련 자소서, 면접질문 등등 소위 족보라는 것이 범람하고 있는 상태이다. 이런 자소서 항목에는 이렇게 쓰면 괜찮은데, 이런 식으로 작성하면 안 된다. 면접 질문 별로 이런 질문에 이렇게 대답했더니 떨어졌다. 요런 식으로 대답했더니 붙었더라. 말 그대로 돌아다니는 족보는 참고사항일 뿐이다.

평가자가 자소서 내용과 면접 답변을 처음부터 믿지 않는데, 그게 무슨 소용인가. 그래서 진정성이 최우선인 것이다. 정말 오롯이 지원자 자신의 얘기이어야 하는 이유가 여기에 있다.

전공을 살릴 것인지. 전공 외의 전공불문으로 지원할 것인지. 진로(직무)를 최대한 빨리 설정해야 하는 이유 또한 진정성 확보를 위해 선결되어야 하는 문제이다. 전공을 살릴 수 있다는 것은 직무 경쟁력으로 보았을 때 최고의 검증인 것이다. 전공 불문으로 지원하는 것이면 증빙해야 할 것들이 전공을 살리는 경우에 비해서 상대적으로 몇배 많아야 한다.

그러니 선택하라.

전공과 조금이라도 관련된 직무를 선택할 것인지, 전공과는 무관하지만 내가 잘할 수 있는 일을 선택할 것인지에 대해서.

전공 불문은 뭐지,
진로(직무)를 결정한다는 것은

"나는 성적에 맞추어서 대학에 들어왔기 때문에 전공에 대한 의미가 없어."

이렇게 얘기하는 학생이 이공계를 제외하고 80% 이상이고, 심지어 이공계 전공자 중에서도 30% 정도는 같은 고민을 하고 있다. 그럼, 전공의 의미는 뭘까? 근본적으로 이것부터 고민을 시작해보자.

"비록 성적으로 입학한 학교이지만, 이제 이 학교 이 전공은 내가 평생을 가지고 가야 하는 내 분신이라는 거, 그건 명확한 거야."

"아무리 요즘 채용공고에 전공 불문이라고 적시되어 있기는 하지만, 그렇다고 완전 전공 불문인 것은 아니고 전공과의 연관성이 조금이라도 있으면 그것 자체가 경쟁력이 되는 것이야."

전공 불문으로 직무를 설정하려면 1, 2학년 저학년은 전과, 다전공 혹은 편입으로, 3, 4학년 고학년은 관련 일 경험 혹은 자격증으로 전공 불문이지만, 내가 이 직무에 관심 있다는 것을 증명해 보여야 한다.

취업에 있어서 입시에서의 전공은 무의미하다. 대학에 입학하고 나서 내가 무엇을 했는지가 가장 중요한 것이다. 그러기 위해서라도 직무 설정을 최대한 빨리 정해서 모든 행동(교과목 설정, 대외활동, 동아리, 알바, 자격증 등등)을 그 직무에 맞추어야 한다. 그래서 진로(직무)결정을 최대한 일찍 해야 한다는 것이다

전공이 나에게 맞지 않다는 것을 결정하는 기준은 기존에 본인이 가지고 있는 관심 여부가 아니라 내가 이 직무에 경쟁력이 있는지에 대한 것이 되어야 한다.

기업의 채용 기준은 미래에 대한 투자 개념

기업에서 신입사원을 채용한다는 것은 당장의 이득을 위해서가 아니라 미래에 대한 투자 개념이라는 것부터 알아야 한다. 큰 기대를 갖고 채용하는 것이 아니라는 것이다. 현재의 조직 운영시스템에 잘 녹아 들어 갈 수 있는 사람으로 적당한 수준의 직무 지식과 인성을 가지고 있으면서 10년은 함께할 수 있는 직원을 원하는 것이다. 그러니 너무 지나친 스펙에 연연할 필요는 없다. 스펙보다도 명확한 직무와 업종에 대한 관심과 지원하는 기업에 대한 정보에

집중해야 하는 이유이다.

　돈을 투자할 때는 High Risk High Return의 원칙이 적용되지만, 기업에서 신입사원을 채용하는 데는 No Risk Normal Return이 적용된다. 그렇기 때문에 일단 지원하는 직무에 대해서 제대로 알아야 한다. 그리고 그 직무에 필요한 직무역량을 기준으로 본인의 강점을 매칭시켜 평가하는 사람에게 진정성 있게 본인의 상대적 직무 강점을 전달해야 한다.

　직무에 필요한 기본 Skill만을 따지자면 특성화고등학교, 마이스터고등학교, 전문대학 졸업자가 몇배는 더 나을 터인데, 그럼에도 불구하고 4년제 졸업생에게 연봉을 더 주어 가면서 굳이 채용하는 이유는 그런 Skill적으로 숙련된 직원들을 관리하는 사람으로 성장하라는 것이다. 대학을 다니면서 접하게 되는 사람들과의 관계 속에서 음으로 양으로 다양한 경험을 겪은 사람을 기업에서는 미래의 관리자로 양성하기 위해 투자개념으로 채용하는 것이다.

　그래서 더더욱 나는 전공 불문이라고 해도 내가 왜 이 직무에, 이 업종에 지원을 하게 되었는지에 대해서 누가 들어도 명확하게, 진정성 있게 본인을 어필해야 하는 것이다.

진로(직무) 결정은 현직자로부터

기업의 기본 조직도를 들여다 본 적이 있는가?

기업에는 기본적으로 조직도에 있는 모든 분야가 존재한다.

어디선가는 기획을 하고 기획된 것을 또 어디선가는 연구개발해서 만들어내야 하고 그 만들어진 상품을 판매함으로써 회사의 이익을 창출하게 된다.

그렇게 기획해서 이익이 창출되는 전 과정에 자금을 관리하는 부서와 경영전반(인사,교육,홍보,총무 등)을 지원하는 부서가 있어야 조직은 유지될 수 있는 것이다.

그런데 회사의 규모에 따라 각각의 조직들이 다른 이름, 다른 직무, 담당 인원이 크게 달라진다. 회사의 규모가 크면 각각의 조직들이 세분화되고 전문화되면서 그 담당 인원이 늘어나는 구조이다.

그러면 작은 기업들은 어떨까?

이런 규모가 작은 조직이라 할지라도 구성 요건들이 없는 것은 아니고, 작은 인원이 중복으로 그 직무를 담당하기 때문에 회사가 원활하게 굴러가는 것이다. 그래서 내가 지원하고자 하는 직무가 결정되면 그 직무로 현재 근무하고 있는 현직자의 얘기를 들어야 한다.

회사에서 채용할 때 물어본다.

"당신은 왜 우리 회사에 지원했습니까?"

그 질문에는 여러 가지 의미가 함축되어 있다.

"당신은 지원하고 있는 업종에 평소 관심이 있었나요?"

"그래서 지원하는 직무가 무슨 일을 하는지는 아나요?"

"그럼, 그 직무를 잘 수행할 수 있는 직무 역량이 뭔가요?"

"본인은 그 직무 역량 중에 어떤 직무 강점을 가지고 있나요?"

"그런 직무 강점을 가지기 위해서 어떤 준비를 해 왔나요?"

"결론적으로 우리 회사에 입사하면 어떤 역할을 하면서 무엇을 하고 싶은가요?"

심플하고도 명확한 채용 기준이다.

그 답이 현직자에게 있으니, 현직자를 직간접적으로 접해야 한다. 기존 취업포탈(잡코리아 외) 등에 현직자 인터뷰들이 있으니 참고하라. 거기에 우리 학교 출신 선배의 Job Path를 찾는 데 주력하고, 선배의 취업준비 상황, 그리고 현재 식무에 대해서 접하는 기회를 가져볼 것을 권한다.

그런 의미에서 내가 알고 있는 직간접적으로 접해본 현직자에 대한 정보를 한번 정리해 보자. 단 1명도 없다면 지금부터라도 열심히 찾아서 이 책을 다 읽기 전에 최소한 3명은 만들어 보자. 이것이 진로(직무)를 설정하는 출발점이라고 생각하고 구글링을 하던 전문사이트를 찾아가던 우리학교 선배를 연결 받던 할 수 있는 것은 다 해본다는 마음으로 해볼 것을 권한다.

내가 알거나 접해본 현직자 명단

구분	세부 내용
기업명	
부서	
직급	
담당직무	
이름	
연락처	
인지경로	

구분	세부 내용
기업명	
부서	
직급	
담당직무	
이름	
연락처	
인지경로	

구분	세부 내용
기업명	
부서	
직급	
담당직무	
이름	
연락처	
인지경로	

지금부터 뭘 할지 찾아보자

그럼, 지금 내가 어디에서부터 시작해야 할까?

스스로에게 물어보라. 내가 할 수 있는 건지 아닌지.

흔히 취업준비라고 하면 영어성적(토익 등), 컴퓨터 활용능력, 자격증 등을 생각하는데, 기업에서는 관심이 별로 없다. 자기 만족이고, 손에 잡히지 않는 뜬구름 같은 취업준비를 하는데 '단지 뭐라도 해야 하니.' 하는 것뿐이다.

소위 자격증 자체가 직업인 OO사(변호사, 의사, 세무사, 관세사 등)를 제외하고 몇 개월 투자하면 취득이 가능한 자격증은 내가 이런 분야에 관심이 있다는 증빙 정도로 기업에서는 생각한다. 그런 전제로 자격증도 선택해야 하고, 실제로는 일 경험에 주력해야 한다. 희망하는 직무로 일 경험을 하는 것도 중요하지만, 그럴 수 있는 기회는 좀처럼 주어지지 않으니, 일단 소수의 직원만 있는 회사라도 정상 출근, 정상 퇴근이 가능한 곳에서 조직 경험을 하는 것이 바람직하다. 그런 경험을 한 사람과 하지 못한 사람은 분명한 차이를 보인다. 단순 보조업무라고 해도 조직이 돌아가는 모습, 일이 진행되는 모습을 어깨 너머로 보는 것만으로도 그 자체로 의미가 있다고 기업에서는 인정을 해주기 때문이다.

외국어가 취업에 영향을 미치려면 네이티브 수준의 능력을 원한다. 그리고 어학은 어느정도 타고나는 것이라 해도 할 수 있는 한계가 분명히 있으니, 스스로 가능한 범위 내에서 조바심내지 말고 준비하면 된다.

컴퓨터 활용능력(MOS, ITQ 등) 같은 컴퓨터 관련 자격증도 신경 쓰지 말자. 컴활 자격증이 있다고, 기업에서 원하는 엑셀능력, 보고서 작성능력, 통계자료 기본 분석능력 등이 있다고 아무도 인정해주지 않기 때문이다. 우선 회사 업무의 기본은 분명히 엑셀이기 때문에, 평상시 엑셀을 사용할 기회가 거의 없으니, 리포트 작성부터 스스로 학교생활 중에 엑셀을 사용하는 것도 엑셀을 학습할 수 있는 방법 중에 하나이다.

왜 기업에서 신경 쓰지 않는데 본인들만 신경을 쓰는 건가. 현실적으로 기업에서 원하는 가장 기본에 충실하면 된다.

최적의 취업준비를 위해서 먼저 접해야 하는 것이 기업들의 채용공고이다. 채용공고에 나와 있는 지원자격, 특히 우대사항(가산점) 등을 확인하면 내가 지원하고자 하는 직무, 기업에 대한 현실적인 선택을 할 수 있는 것이다. 내가 현재 가지고 있는 것, 그리고 입사지원 자격이 부여되는 시점(졸업 자격취득 시점)까지 가질 수 있는 것, 그 범위 내에서 선택과 집중을 해야 하는 것이다. 내가 가질 수 없는 것, 도저히 해도 티가 안 나는 것을 가지고 고민하면 안된다는 것, 그것을 고려해서 내가 지금부터 뭘 해야 좋을 것인지 고민해야 한다.

특히 관심있는 직무의 경력직 채용공고에 집중할 필요가 있다. 입사를 하고 경력자가 되면 필수적으로 필요한 직무능력들이 Job Description에 아주 구체적으로 제시되기 때문에 내 Career Road Map를 수립하는 데 도움을 받을 수 있다.

내가 설정한 직무로 경력이 쌓이면서 내가 시장에서 인정받을 수 있는 내 몸값을 올려갈 수 있는 방법은 직무에 따라 경력직을 채용하면서 회사에서 거금을 주고 헤드헌팅업체에 맡기면서 까지 채용하려고 하는 경력직들의 직무능력(Job Description)을 파악해 보고 내가 그런 능력을 갖출 수 있는지에 대해서 고민해봐야 하는 것이다.

결국에 내 최종 설정 직무는 경력직의 채용공고를 통해서 재확인이 가능하다는 방증이 되는 것이다.

해놓은 것이
하나도 없어요

하루 24시간, 1년 365일 인데 어떻게 해놓은 것이 없다고 하나.

내가 지금까지 했던 모든 상황을 기록으로 복원해 보자.

어딘가에는 내가 가지고 있는 재능 중에 조금이라도 상대적으로 잘할 수 있는

일이 분명히 있는 거니까.

해놓은 것이 하나도 없다고,
그게 무슨 말이야

지금까지의 내 행적을 확인해 보자.

수강 교과목, 참여 교육프로그램, 경력, 경험, 자격증 등. 해놓은 것이 없는 것이 아니라 스스로를 들여다보지 않은 것이다. 찾으면 다 나온다.

지금까지의 본인 행적을 하나하나 정리해 보자.

수강했던 교과목의 세부 커리큘럼을 돌아보면 직무와 연관되는 이론적인 능력을 만든 것이 되는 것이고, 단순 알바를 하면서 겪었던 수많은 상황들은 본인의 직무 강점으로 연결이 가능하기 때문에, 최대한 세분화하여 정리하다 보면 자연스럽게 내가 그동안 해왔던 나도 생각지 못했던 수많은 것들이 나오게 되어 있다. 너무 주위를 의식하는 건 도움이 되지 않는다.

어떤 일을 꼭 해야만 한다는 것은 없다. 개인별로 상대적으로 같은 상황이라 해도 녹여내는 표현이 달라야 하기 때문에 본인 자신에게 집중해야 한다. 큰 무언가가 필요한 것이 아니라 일상의 내 생활에서 찾으면 되는 것이다. 들여다보고 들여다보면서 찾아보자. 생활 속에서 복수(2명) 이상이 함께한 모든 활동은 그 활동에서의 내 역할이 있었고, 나는 무엇인가를 했기 때문에 거기에서부터 시작해 보자.

일상은 누구나 평범하다. 그리고 그 평범함 속에서 나는 내가 가장 잘 할 수 있는 그 무언가의 재능을 찾아내면 되는 것이다. 충분히 가능한 일이고 또 그렇게 해야만 진로를 찾을 수가 있다.

시도하지 않으면 얻을 수 있는 것이 없다고 했지 않은가. 지금까지 해 놓은 것이 하나도 없어 보인다는 것 자체는 그래도 내가 무엇을 해 놓았지 내가 가지고 있는 재능은 경쟁력은 어디에 있지 하면서 생각이라는 것을 시작하게 되었다는 희망적인 표시라고 생각하자. 터무니 없는 자신감을 가지라고 말 하지는 않는다. 그건 헛된 꿈이니까.

하지만 스스로에게서 본인이 가진 것 중에 조금이라도 나은 것을 본인의 취업 경쟁력으로 만들어 가는 과정에서 나도 지금까지 해놓은 것이 이런이런 것이 있구나 하는 것을 스스로 느껴볼 필요가 있다.

그런 의미에서 이제 실질적으로 진로를 정하는 출발점이라고 생각해도 될 듯 싶다.

대학입학 전의 얘기는
그냥 내 인성에 대한 얘기일 뿐

입시에 관한 내용을 자소서에 녹여낸다거나 면접에서 얘기하는 경우가 있다. 하지만 기업에서는 대학입학 전의 아무리 드라마틱한 역경과 상황(검정고시/재수/삼수/사수 등)이 있다고 해도 크게 신경 쓰지 않는다. 왜냐하면 입시에 관련된 사항은 본인의 결정에 따라 스스로 진행된 것으로 인정하지 않기 때문이다.

그래서 대학입학 전 상황은 본인의 인성에 대한 것으로 활용해야 한다. 그것도 길지 않게 나는 이런 스타일의 사람이고, 이런 의지를 가지고 있다는 정도의 표현이면 된다.

이런 경우 주위의 다양한 컨설턴트에게 도움을 받아서 적절하게 표현하는 방법을 찾아볼 것을 권한다. 어떤 의미로 전달될지에 대해서는 많은 사람들에게 보여주면 알 수 있기 때문에, 스터디 등 또래보다는 채용 평가자와 비슷한 연배의 컨설턴트 의견을 수렴하는 것이 현실적이다. 이성의 부분은 대체로 전달되는 느낌이 비슷할 수밖에 없는, 숨길 수 없는 부분임을 인식할 필요가 있다.

진로와 직무에 대한 얘기는 결국에 대학 전공선택에서부터 풀어나가야 한다는 것이다.

모든 시작은 대학 입학 시점부터라고 해도 과언이 아니기 때문이다. 정말 힘들게 대학에 입학했고, 개인적으로 시련과 역경을 겪었다고 해도 채용과정에서 입시에 관련된 건 그래서 크게 도움이 될 수 없는 것이다. 하지만 잘만 녹여낸다면 소위 스토리텔링이라는 거창한 얘기를 꺼내지 않더라도 나의 인성적인 강점을 끌어내는 데는 좋은 소재로 활용이 가능하다.

입학하기 전까지의 과정 그것이 대학이든 특성화고등학교이든 전문학원이든 아니면 입시보다는 바로 사회에 진출하던 형용사적인 표현을 최대한 배제하고 지극히 드라이하게 있는 그대로의 내 모습을 드러내는 하나의 수단으로 활용된다면, 진정성 있게 내 인성적인 강점을 전달하는 데 확실한 도움이 될 것이다.

우리 인생은 그렇게 드라마틱하지 않고 그럴 수도 없다. 그런데 어느 시점부터는 부모님을 비롯한 어른들의 그늘에서 벗어나게 된다.

채용하는 입장의 기업에서는 그 시점을 스스로 판단하고 고민하고 결정해서 부딪치는 그 시점으로 생각하게 된다.

그 시점이 고등학교를 졸업하는 시점이므로 본인의 생각을 제대로 상대방에게 전달하기 위한 방법은 본인 스스로 선택의 이유를 분명하게 하는 것임을 강조해 본다.

정답이 없는 모든 사항에서 가장 중요한 것은 어떤 이유로 그런 결정을 하게 되었는지에 대한 건 임을 명심하기 바란다.

내가 스스로 선택하고, 행하고, 그에 대한 책임을 진 것들이 있잖아

누가 시켜서 했던, 내 의지하고 상관없이 했던 것들이 아닌, 오로지 내 고민과 결정으로 선택하고, 행동하고, 그 결과에 대해서 스스로 책임졌던 것이 있지 않은가.

기업에서 중요하게 생각하는 것은 모든 과정에 그때 그때 상황에 대해서 스스로 어떤 이유로 관심을 가지게 되었고, 그래서 왜 결정했으며, 그 결정을 위해 본인이 뭘 했는지 하나하나에 대한 증빙을 원하는 것이니, 이 시간 한 번 스스로에게 물어보자.

내가 스스로 선택하고 결정했던 수많은 순간순간의 상황을 왜 결정하게 되었으며, 그래서 어떤 진행과정이 있었고, 그 진행과정 중에 어떤 상황 상황이 있었고, 이래서 실패했고, 이래서 갈등상황이 있었고, 저래서 실적이 있었고, 있는 그대로의 상황에서 내 역할이 어떻게 작용했는지, 그것으로 내가 지원한 직무에 어떤 영향을 미칠 수 있는지, 평가하는 기업의 입장에서는 그 내용이 알고 싶은 것이다.

하루하루 평범하기 그지없는 내 생활이었지만, 순간순간의 상황이 내가 생각하고 고민하고 결정했던 것이니, 그것으로 얻은 자그마한 경험이 그대로 내 지원동기와 앞으로의 내 역할과 연결된다면 그것 자체가 의미 있는 것이 아니겠는가. 기업에서는 그런 개인적인 진정성 있는 그 모습이 보고 싶은 것이다.

채용 과정은 이제 모든 것이 다 들어나 있기에, 그래서 시험을 보는 데 Open Book으로 진행하는 것과도 같다. 여기저기 소위 족보라고 하는 것이 돌아다니고, 자소서 항목별로 이렇게 작성해야 한다라고 첨삭도 해주고, 컨설팅도 해주고, 면접 질문 별로 이렇게 답해서 붙었고, 이런 식으로 답하니 떨어졌다는 내용들이 너무도 자연스럽게 돌아다니고 있다. 그래서 기업입장에서는 스스로 선택하고 고민하는 과정을 거쳐서 결정이라는 것을 하고, 행하고 행하는 과정에서 어떤 상황이 있었으며, 결과는 어땠는지, 그래서 그런 과정을 겪으면서 본인이 지원한 직무에 어떤 도움이 될 것인지에 대해서 자그마한 경험을 접목시켜 증빙해 주기를 바라는 것이다. 그러므로 스스로 고민하고, 선택하고, 행하고, 그에 대한 책임을 오로지 스스로 감수한다는 전제로 본인의 행적을 확인해 보자.

중요한 것은 스스로 고민했다는 것을 드러내는 과정이다. 본인이 어떤 이유에서건 스스로 고민을 한다는 것 자체에 의미가 있는 것이기 때문에 그 고민의 결과가 이것이라고 표현하게 되면 우리는 공감이라는 것을 이끌어 낼 수가 있고 공감이라는 것은 진정성과 전달력을 배가시켜주는 효과를 가지고 오기 때문에 항상 관심과 선택의 시발점은 누군가의 강권이나 지도가 아닌 스스로의 고민 이어야 하는 것이다.

나는 그동안
나도 모르게 한 것들이 많아

나만 모르고 있는 건지 모른다. 나는 그동안 나도 모르게 했던 것들이 너무너무 많은 것을. 1년 365일 매일 똑같은 일상의 연속이라고 생각했을지 모르지만, 실제로는 하루하루, 시간시간 나는 작지만 많은 것을 고민하고, 결정하고, 행동했고, 그 행동에 대한 책임을 지었던 것이다.

그러니 이제 지금까지의 나를 되돌아봐야 한다. 그리고 내가 어떤 사람인지 단순하게 MBTI에 나와있는 성향에 집중할 것이 아니라 실제로 내 스타일이 어떤 사람인지에 대해서 스스로 완전 백지 상태에서 생각해 봐야 한다.

나는 무엇으로 상대적인 취업 경쟁을 할 수 있을까? 나는 최소한 10명, 많게는 50명 이상을 상대로 나만의 직무경쟁력을 가지고 선의의 경쟁을 해서 승리를 거두어야 하는데 그렇다면 내 직무경쟁력은 도대체 무엇일까? 나는 무엇으로 그들과 경쟁이라는 것을 할 수 있을까? 게임에 게임 아이템이 있듯이 내게 강력한 취업 경쟁 무기가 될 수 있는 나의 Job Item은 무엇일까?

지금까지의 내 이력을 확인하다 보면 자연스럽게 나도 모르고 있던 다양한 것들이 줄줄이 나오게 되어 있다. 위인들만 자서전을 쓰는 게 아니다. 내 자신의 지금까지의 자서전을 스스로 작성하다 보면, 그리고 주위 사람들에게 들었던 본인의 모습에 대한 평판를 정리하다 보면 자연스럽게 나의 숨겨진, 내가 미처 느끼지 못했던 내 모습을 하나하나 확인할 수 있을 것이다. 나 자신부터 파악하는 것이 모든 것에 우선한다는 점을 피하지 말고 내 자신에게 집중해서 나의 강점과 만나 보아야 한다.

본인이 지금까지 무엇을 했는지 확인하는 가장 좋은 방법 중에 하나가 복수의 사람들이 모였을 때 내 역할 Role이 무엇이었는지에서부터 시작해 보아야한다.

단순히 눈에 보이지 않는 존재였다고 해서 역할이 없었던 것이 아니다. 인원을 채우는 정도의 역할이었다고 해도 그것 자체가 내 역할 인 것이다.

나는 항상 눈에 보이지 않게 아주 하찮아 보이는 존재감도 없이 그냥 그 자리에 있었을 뿐이라고 생각하기 보다는 나는 조용히 내게 맡겨진 일을 내 성격에 맞게 내가 선택해서 성실하게 임했다고 하면 되는 것이다.

그것이 내가 해왔던 일인 것이다.

기업에서는 그런 눈에 보이지 않더라도 본인의 역할에 충실한 지원자를 선호한다. 왜냐하면 리더보다는 충실한 서포터가 필요한 것이 기업이기 때문이다.

정리부터 해보자, 그동안 해왔던 거, 앞으로 할 수 있는 거

지금까지 스스로 해 왔던 것과 앞으로 할 수 있는 것을 정리해보자.

대학생도 배우는 입장인 만큼 대외활동, 다양한 경험, 경력도 중요하지만 우선적으로 교과목에 집중해야 한다. 교과목 하나하나 각각의 세부 커리큘럼을 확인하여 직무역량과 매칭해 보는 것부터 시작해야 한다.

그러고 나서 직무교육 중심으로 전문 교육을 추가해 보고, 정상적인 근무를 하고 급여를 받은 경력사항, 다양한 대외활동, 동아

개인 직무역량 세부내역

교육사항

		학교교육					직업교육			
항목	교과목명	교육내용 (강의계획서+목차 참조)	연결 직무역량	학점	항목	과정명	교육기간	교육내용 (강의계획서+목차 참조)	연결 직무역량	수료일
ex	경제	인문환경과공간정보	직무 연결가능 커리큘럼	A+	ex	경제	온라인마케팅	18.03.03~19.09.01 (145시간)	직무 연결가능 커리큘럼	홍보,마케팅 능력	19.05.02
1	경영	경영학원론	기업의 목표, 환경분석, 전략의 개발, 실행, 통제 등의 전반적 과정에 대하여 학습함	경영 전략/기획 능력	A+	1	현장 실습 (해외 인턴)	Global Leadership Program	19.08.26~19.12.13	글로벌 리더십, 다른 문화간 의사소통능력 향상, 실화 비즈니스 영어 학습	해외사업수행 능력	19.12.13
2	경영	회계원리	재무제표를 통해 회계의 개념과 기업의 이해, 경영의사결정에 필요한 회계정보의 용도 및 기능을 이해	회계업무 능력	B+	2					
3	경영	경영정보시스템	정보시스템의 발전과 유형에 대해 알아보고, 전자상거래, 모바일 비즈니스, 소셜 비즈니스, 전자적 시스템, 지식경영과 지식관리시스템, 프로세스 혁신과 아웃소싱 등의 개념과 기업의 실제 활용 사례에 대해 학습	정보시스템 활용 능력	B+	3					
4	경영	경영통계	확률과 표본, 통계학적 추정, 가설의 검증, 상관관계 분석, 회귀분석 등 통계의 기법을 기업경영에 활용하는 방법 습득	경영 전략/기획 능력	B+	4					
5	경영	무역학개론	무역학의 제분야인 순수무역이론, 무역정책, 국제경영, 무역관련법규 등을 학습	무역사무 능력	B+	5					
6	경영	소비자행동	등에 관한 이유, 특정상황에서 소비자 행동의 예측, 문제해결을 위한 소비자 행동의 제어 및 통제에 대한 학습	홍보/pr 능력	A+	6					
7	경영	생산운영관리	템이 국내외 경쟁환경에 적응하고 국제 목표를 효율적으로 달성할 수 있도록 시스템의 전략적 선택, 설계, 운영 및 통제와 관	생산관리 능력	A+	7					

경력/경험사항 · 자격사항(어학)

		일경험/경력						경험사항					자격사항		
	기관명	역할	근무기간	연결 직무능력	주요실적		기관명	역할	활동기간	연결 직무능력	주요실적		자격증명	취득일	역량
ex	건강보험공단	장기요양급여액평가 심사 서류 검토, 민원응대	18.03.03~19.09.01	행정업무 기초	업무개선	ex		학술동아리	행사 기획, 홍보	18.03.03~19.09.01	발표능력	진안대회 00% 달성 이들을 응대 기여	ex	컴활1급	19.01.01	5%
1	5·18기념재단	모니터링 및 데이터 정리, 민원 처리, 회의준비 및 회의록 작성, 각종 문서작업	20.06.29~20.08.21	자료관리, 민원응대 및 관리 능력	반영률을 통한 홈페이지 개선, 제반 관리 프로세스 확립, 확실한 일처리를 통해 신뢰를 얻어 더 다양하게	1	KOWIN(세계 한민족여성네트워크) 능력 지부-해외	컨퍼런스 행사 보조	19.10.12	리더십, 고객응대 능력	원활한 회의 진행	1	TOEIC	19.03.31	830
2	GC Global(Kotra 연계)-해외	리서치, 현지 시장조사, 보고서 작성, 상품기획 참여, 재고관리	19.09.23~19.12.12	시장조사, 상품기획, 재고관리, 보고서 등 문서작성 및 관리 능력	기반으로 새로운 상품 및 서비스 개시에	2	Holy Name Medical Center-해외	건강검진 행사 스탭 (인원통제, 안내)	19.09.28	리더십, 고객응대 능력	정보에 둔산이 떨어져 어수선한 상황이었으나 고객을 안심시켜 차분한 분위기로 전환함	2	운전면허	19.08.14	2종보통
3	BBC 영어학원	영어수업 및 학습 지도, 문서작업	18.6~19.8	컴퓨터활용능력	다양한 연령대의 아이들과의 소통을 적절한 피드백을 통한 학습향상	3	KT&G 전남본부(상상 현구유)	캠페인 스탭	18.05.27	리더십, 고객응대 능력	원활한 캠페인 진행	3	한국사	20.02.21	1급
4	윤선생 영어학원	영어수업 및 학습 지도, 문서작업	17.9~18.3	컴퓨터활용능력	이들 같은 관리의 원만한 학습 분위기 조성	4						4	컴활	20.11.20	1급
5						5						5			
6						6						6			

56

리, 프로젝트 등의 경험들, 그리고 거기에 직무와 연관되는 자격증까지 작은 것도 놓치지 말고 정리해 보자.

특히 향후 졸업 전까지 가능한 모든 것을 정리하는 과정이 필수적으로 필요하다. 그 정리가 끝나면 수시로 업데이트 시키겠지만, 나름 본인의 진로계획(Self Career Road Map)으로 관리해 나가야 한다.

어렵게 생각하면 한없이 어려울 수 있지만, 자연스럽게 스스로에게 집중하고, 자문하고, 그 동안 본인의 하루하루를 돌이켜보면 의외로 해놓은 것이 많다는 사실에 놀라는 경우를 너무도 자주 목격했고, 그 실제 사실로부터 새로운 나의 모습을 발견하고 가능성 있는 내 미래에 대한 희망을 가지게 된다. 시작은 그런 소소한 일상의 팩트를 소환하는 것에서 출발하는 것이다. 세상에 뭐 대단한 것이 있겠는가. 살면서 평생 획기적이거나 기억에 각인되는 일을 접하는 것 자체가 거의 없는 것이 인생이다.

그렇다면 아주 일상적이고 극히 개인적인 것에서 나만의 스타일, 내 강점을 접하게 되고, 그것이 본인이 설정한 직무와 연관된다면 그것이 곧 내 직무경쟁력 My Job Item이 되는 것이다. 거기에 앞으로 내가 할 수 있는 것이 덧붙여져야 한다. 그것도 극히 현실적으로 진로가 확정되기 전에는 가장 기본이 되는 업무능력부터 곧 문서 작성 능력을 위한 Excel은 기본이고 Word, 한글로 제안서를 만들 수 있는 능력도 키우고, PPT에 Prezi까지 할 수 있는 범위 내에서 준비해야 한다.

요즘 시대는, 그리고 앞으로의 시대는 온라인이라는 것이 일상이 되는 시대인 만큼 일단은 내 개인 블로그나 인스타를 운영해 보면서 진로가 확정되면 직무연관으로 만들어 보는 것도 방법이다. 그러기 위해서도 온라인의 기초가 되는 포토샵에 일러스트, 더 나아가 간단한 영상편집 능력도 곁들인다면 눈에 보이지 않지만 확실한 내 경쟁력이 될 수 있다.

너무 많은 것을 기본으로 해서 요구하는 것이 아니다. 월등하게 잘할 필요는 없다. 왜냐하면 각각의 분야에는 전문가들과 전공자들이 있기 때문이다. 단지 전문가들이 만들어 놓은 결과물을 열어서 텍스트 정도는 수정이 가능해야 하지 않겠는가. 내가 언제 어떤 형식으로든 그런 전문가들(개발자, 디자이너, 마케터, 리서처 등)과 함께 일을 해야 할 것인데, 그 전문가들의 Skill적이고 시스템적인 메커니즘을 전혀 모른다면 일에 관한 협의가 제대로 되겠는가. 그런 취지에서 기본은 할 줄 알아야 한다는 말을 하는 것이다.

진로가 확정되었다면 그때부터는 앞으로 내가 해야 할 것들, 즉 경력자 채용공고에서 Job Description에 나와 있는 내용을 분석하고, 내가 향후 할 수 있는 것에 대해서 집중 준비를 해야 한다. 거기에는 대학원 진학도 포함된다.

개인이 한 것보다는
2명 이상의 단체에서 했던 것이 중요

시험이 주가 되는 공무원, 공기업이 아닌 이상 혼자 진행한 건은 써먹을 곳이 한정되어 있다. 최소한 2명 이상의 복수 인원이 함께 한 것들을 대상으로 단체에서의 본인 역할(Role)을 지정하고, 역할의 담당 업무와 실제로 진행된 과정들 중에 상황 별로 갈등 상황, 설득 상황, 관리 상황 등에 대한 과정을 자소서에 녹여내면서 성공의 나열보다는 실패의 원인분석과 향후 개선방안에 주안점을 주는 것이 전달력 면에서는 높은 평가를 받을 수 있다. 특히 단체활동에서 어설프게 기획부터 모든 것을 주도적으로 했다고 억지로 끼워 맞추기 식으로 표현하는 것은 도움이 되지 않는다.

서포트에 주력했거나 자료를 수집하는 보조 업무를 담당했다고 해도 주어진 역할에 충실했음을 현실적으로 분명하게 제시해 주는 것이 보다 나은 표현이다. 대외활동이나 공모전 등에서 상을 받았다는 것에 집착할 이유는 전혀 없다. 어떤 식으로든 단순한 실적보다는 그 과정 속에서 본인의 역할에 집중해서 실질적인 직무연관성을 검증하는 것이 중요하다.

모든 것을 잘한다고 하는 것은 아무것도 하지 못한다는 말과도 같다. 이 점에 유의해야 한다. 내 능력을, 내 강점을 강조하려고 억지를 부리면 전달력은 떨어질 것이고, 그 결과 진정성은 확보되지 못한다. 진정성 있는 전달력의 기본은 혼자서 열심히 해왔다는 사실에서가 아니라 단체에서의 성실하고 책임감 있는 내 행동과 역할에서 비롯된다는 것에 집중해야 한다.

조직생활에 있어서 혼자서만 잘해서 해결되는 것이 하나도 없기 때문에, 그래서 기업에서는 채용과정에서 수도 없이 지원자의 인성에 집중하면서 지원자의 업무스타일에 신경을 곤두세우게 된다. 그 지원자가 입사함으로 해서 조직에 해가 될 수 있는 가장 기초적인 확인은 단체생활에 저해가 되는 사람이면 절대로 안 된다는 커다란 명제가 있기 때문이다. 채용을 하면 이미 늦은 것이다 채용하게 되면 그때부터는 어떤 식으로든 인위적인 퇴사 조치가 불가능하고 잘라낼 수 없기 때문에, 채용단계에서 수없이 확인 또 확인하고 있는 것이다.

욕심을 버리고 내가 가장 잘할 수 있는 역할을 찾아내고, 아직 내가 어떤 역할을 잘할 수 있을지 모른다면, 주어지는 역할에 내가 할 수 있는 최선을 다해서 충실하게 임하고, 그 역할이 나에게 잘 맞는지, 잘할 수 있는 일인지를 스스로에게 자문해 보면서 주위의 평가에 귀를 기울여야 한다. 그러고 나서 내가 잘할 수 있는 것이 확정되면, 집요하게 단체생활에서 내 직무경쟁력에 보탬이 되는 역할을 맡아서 하나하나 My Job Item화 시켜 나가야 한다.

뭐부터 시작해야
하나요?

지금 당장 할 수 있는 거.

그런데 내가 희망하는 직무와 연관된 거.

가장 기본은 문서작성 능력.

당장 시작해서 가능한 것부터

막막함은 뭐부터 시작해야 할지 모른다는 것에서부터 시작된다.
주위를 둘러보니 이런 것도 하고 저런 것도 해놓았고, 이 얘기 저
얘기 들어보니 도저히 첫발을 내딛을 수 없을 정도로 답답함이 밀
려온다.

그러면 지금 당장 Now 내가 할 수 있는 것이 무엇일까에서 시작
해야 한다.

입시를 거치지 않았는가, 입시는 어떤가. 모든 과목을 다 잘할 수
가 없어서 도저히 input 대비 output이 나오지 않는 과목은 버리
고 시작하지 않는가. 그만큼 본인 스스로를 잘 파악하고 있다는 것
이다.

취업 준비도 마찬가지인 것이다. 가장 기본이 되는 것이 문서작성 능력, 온라인에 대한 이해, 편집 Skill, 거기에 간단한 외국어 회화, 조금 더 나아간다면 간단한 통계적인 지식 정도이다.

많아 보이는가? 다 하라는 거잖아! 하고 생각할지 모르지만, 전문가 수준을 요구하는 것이 아니다.

당장 입사하면 주어진 일을 하는데 지장이 없도록 준비하면 되는 것이다. 회사에 입사하면 당장 엑셀을 해야 업무효율이 올라가고, 입사한 회사의 업종 전문용어 정도는 파악하고 있어야 회의에서 하는 말들과 업무지시를 이해할 수 있는 것이 아니겠는가.

그러니 손에 잡히지 않는 취업준비를 할 때 가장 먼저 잡아야 하는 것이 누구나 당장 가능한 것, 즉 매일매일 엑셀, 영어회화 그리고 경제신문을 읽는 것부터 시작하면 된다. 취업을 할 때까지는 매일매일 강제로 보여지는 인터넷 신문기사가 아니라 종이신문인 종합지 1부, 경제지 1부에는 투자를 아끼지 말아야 한다. 신문 2장을 매일 사서 읽는 것부터 시작할 것을 권한다. 왜냐하면 채용을 하는 평가자와 같은 시각으로 시작해야 하기 때문이다. 그리고 그런 신문구매 행위 자체로 인해 스스로가 취업준비를 하고 있다는 현실을 인식시켜 주기도 한다. 따라서 무엇부터 시작해야 할지 쉽게 접근할 수 있을 것이다.

그리고 나서 전공을 살리는 진로(직무)면 전공을, 전공 불문이면 해당 업종과 직무에 관련된 현직자를 찾아서 실제 업무에 익숙해

지는 것부터 하다 보면 자연스럽게 취업 준비는 시작되는 것이고, 지금의 답답함도 조금씩 해소되는 것이다.

토익, 컴활, 각종 자격증 없으면 어때, 직무와 연관성이 있어야지

나를 답답하게 만드는 것은 영어성적, 컴퓨터 활용능력 그리고 각종 자격증, 공모전 등에 대한 강박에 가까운 스트레스이다. 주위를 둘러보면 들려오는 소리들에 견딜 수 없는 강박을 느끼게 된다.

취업을 준비한다는 것은 시험성적이 당락을 결정하는 경우를 제외하고는 실제로 손에 잡히지 않는 무언가이기 때문에 시간을 보낼 수 있는 방법이 없다. 그래서 시간을 많이 투자해야 하고, 누구나 다 하는 것을 찾다 보니 그것이 토익이고, 컴퓨터 활용능력이고, 유통관리사 등 각종 자격증이고 공모전들이다.

하지만 현실은 어떤가. 그런 것들을 바라보는 기업 채용관계자의 생각은 어떨 것 같은가. 누구나 다 가지고 있으니, 없는 사람들은 일단 제외하고 보자는 생각을 가지고 있는 평가자는 아무도 없다. 그것조차 왜 토익을 했는지, 컴활 자격증을 가지고는 있는데 엑셀은 제대로 할 수 있는지, 자격증을 제시했는데 그 자격증이 지원하는 직무와 무슨 연관이 있는지, 공모전에서 수상을 했다고 하는데 실제 그 공모전 준비과정에서 지원자가 어떤 역할을 했는지, 그 공모전 준비과정에서의 역할 수행이 실제 지원 직무경쟁력 확보에 어떤 도움이 되었는지에 대해서만 관심이 있을 뿐이다.

언어, 특히 외국어는 타고나는 것이 있어야 힌다고 했다. 그리고 그 외국어 능력이 실제 본인이 지원하는 직무와 연관이 되어야 의미가 있는 것이고, 그러려면 단순한 능력으로는 업무수행이 불가능하기에, 토익 점수에 목을 메야 할 이유가 조금도 없는 것이다. 여행을 가서도 필요한 것이고, 출장을 가거나 회의를 할 때 필요할 지 모르니, 소통만 가능하면 되는 것이다. 회화 중심의 외국어가 현실이라는 말을 하고 싶다.

컴퓨터 활용능력 자격증들은 어떤가. 컴활 1급 자격증을 소지한 지원자들에게 물어본다. "Excel 고급함수까지 업무에 활용이 가능하도록 할 수 있나요." 10명의 지원자 중에 가능하다고 답한 지원자는 1명이 채 되지 않는 것이 현실이다. 그러면 군이 컴활 자격증을 확인해야 할 이유가 기업에서는 없는 거 아니겠는가. 지원자는 자격증이 중요한 것이 아니라 이런이런 필요성 때문에, 평상시 엑셀을 사용했고, 고급 함수 이런 Tool까지 사용이 가능하다고 자소서, 면접답변으로 하면 되는 것이다.

그럼 외국어, 컴퓨터관련 외의 각종 자격증은 어떤가.

국가공인자격증, 민간자격증 등 자격증의 종류는 수도 없이 많이 있고 계속 생기고 있다. 그러면 왜 민간자격증은 그때 그때의 이슈에 따라 수도 없이 계속 양산되는 것일까. 그건 불안한 마음의 취업준비생들을 대상으로 그들이 뭐를 할지 고민할 때, 그 막막함을 채워줄 수 있는 뭔가를 제시하는 거라고 보면 된다. 본인이 선택한 진로 그 직무에 필수적으로 필요한 자격증은 당연히 그 직무를 수행하기 위해서 없어서는 안되는 최소한의 준비인 만큼 취득하는 것이 맞다.

그렇다면 순서가 바뀌어야 하는 거 아닌가.

자격증을 취득했으니 그 직무에 지원한다는 것이 아니라 그 직무에 관심이 생겼고, 내가 그 직무에 맞는 경쟁력을 확보하기 위해서 그 직무에 필수인 해당 자격증을 취득한다는 것으로 명확하게 자격증 취득의 순서는 바뀌어야 한다. 직무와 연관이 없다면 그 자격증은 역으로 채용을 하는 기업의 입장에서는 마이너스 점수를 줄 수밖에 없는 빌미를 제공하게 된다. 왜냐하면 자격증이 직무와 관련성이 없으면 이 지원자의 생각이 다른 곳으로 가 있다는 방증이 되기 때문이다. 그러므로 자격증을 취득하기 전에 정해진 진로 (직무)와 연결고리가 있는지, 최소한으로 업종에 대한 관심이라도 표할 수 있어야 자격증으로 가치가 있다고 할 수 있다. 그렇기 때문에 명확한 나만의 진로 직무 설정이 우선되어야 그다음의 취업 준비가 정상적으로 진행 가능하다는 것이다.

자격증을 취득하기 위하여 오늘도 온갖 노력을 다 하고 있는 취업준비생과 그리고 노후를 생각해서 새로운 진로를 고민하고 있는 재직자들이나 퇴직자들에게 마음으로 응원을 보낸다. 단지, 아쉬운 것은 취업준비생들이 보다 더 명확한 본인의 진로를 고려해서 자격증에 도전해 보았으면 한다. 자격증 자체가 그런 의미에서 분명히 취업을 준비하는 학생입장에서는 필요한 것이지만, 이런 진로 직무연관성이 필수라는 것을 다시 한번 강조해 본다.

전공 / 전공 불문부터 정하고 시작하자

대학에 갓 입학한 신입생, 거기에 아직 진로(직무)를 설정하지 못한 학생들에게 가장 먼저 상담을 하는 내용이 전공을 살릴 것인지에 대한 문제이다. 현실적이면서도 무엇을 하며 사회생활을 할지에 대한 기본이 되는 근본적인 자문이기 때문이다.

이공계를 포함해서 분명한 본인의 진로를 결정해 놓고 대학의 전공을 선택한 비율은 20%가 채 되지 못한다. 그만큼 성적에 맞추어서 지역적인 것, 지명도, 취업률 등을 고려한 본인의 의사 또는 부모님 등 주위의 권유에 의해서 전공을 선택해 입학한다. 그게 현실이다.

그렇다면 대학에 입학하고, 그때부터는 모든 대학들이 이제 거의 필수로 정해놓은 다전공을 통해서건, 편입이나 전과라는 것을 염두에 두고 많은 정보와 상담, 그리고 졸업 후 진로에 대해서 치열하게 고민이라는 것을 해보아야 하는데, 안타깝게도 3학년, 4학년이 되어서야 처음으로 진지하게 앞으로의 진로에 대해서, 내가 잘 할 수 있는 직무에 대해서 생각하기 시작한다는 것이 문제의 시작이다.

현재 저학년(1, 2학년)이라면 다 전공 선택, 편입, 전과를 고민해보고, 이제 3, 4학년이되었거나 이미 졸업을 한 학생이라면 보다 현실적인 진로(직무)에 대해서 전공을 살릴 것인지, 전공 불문으로 지원할 것인지 결정해야 한다.

대학부터는 전공이라는 것이 있다. 전적으로 내 의사가 반영되었든 아니든, 어쨌든 개개인의 학생에게는 전공이라는 평생을 지니고 가야 하는 전문분야가 생긴 것이다.

예전의 채용기준에는 지원자격에 학과를 확실하게 명기해 놓았으나, 언제부턴가 지원자격에는 전공 불문이라는 내용으로 채용공고가 나오는 추세가 되었다. 이것은 무엇을 의미하는가, 생각해봐야 한다.

채용을 하는 기업의 입장에서는 특별히 전공을 하지 않으면 직간접적인 경험으로는 커버가 불가능한 기술적인 조건이 전제되지 않는 직무에 대해서는 군이 전공을 명기하여 실제로 관심이 있는 분야에 지원하는 학생을 막을 이유가 없다는 것을 현재 근무자들을 통해서 인지하게 되었다. 그렇기 때문에 기업에서는 지원자격은 전공 불문이라고 적시하지만, 대신 우대사항이나 가산점을 부여하는 방식으로 지원자를 구분하고 있다. 채용공고에의 우대사항은 필수적인 지원 자격이라고 인식하면 맞다. 우대사항의 자격이 없으면 채용되기가 거의 불가능하다고 해도 과언이 아니다. 그만큼 그 정도의 우대사항은 가지고 지원하라는 채용 기업의 간곡한 표현이기 때문이다.

전공 불문으로 지원을 한다는 것은 일단 전공에 대한 플러스 요인을 버리고 지원하는 것이기 때문에, 전공 불문이 된 이유 부터가 명확해야 한다. 왜 전공을 살리지 않고 전공 불문으로 진로(직무)를 결정하게 되었는지에 대해서 누가 들어도 납득이 되어야 한다는 것이다. 전공 불문으로 진로를 결정하고는 그 다음의 선택과 행보에 집중해 보자. 다 전공을 선택하던, 편입을 준비하던, 전과를 시도하던 방법은 많다. 특히 다 전공을 선택하게 되었을 때 주의해야 하는 것이 있다.

다 전공을 선택하는 것은 모든 학과 학생들이 가장 많이 선택하는 흔히들 경상 계열이라고 해서 학과의 이름만 보고 결정하는 경우가 많은데, 주의해야 한다. 대학별로 같은 또는 유사한 학과 이름을 가지고 있는 경우에도 수강 가능한 교과목의 하나하나 커리큘럼을 확인해 보면 본인이 원하는 교과목과 동떨어진 것들이 생각보다 많다는 것을 명심하고, 우리 학교의 전체 학과를 대상으로 학과별 홈페이지에서 학과별 전학년 교과목과 커리큘럼을 모두 다 출력하여 연필을 가지고 본인이 원하는 진로와 연관성이 있는 교과목을 하나하나 체크해 본 후 체크된 교과목이 많은 학과를 다 전공으로 선택해야 한다. 체크된 교과목이 10개 이하면 다시 한번 다 전공을 신청해야 할지, 지금의 전공으로 심화로 가야 할지가 결정되는 것이다. 다 전공을 선택하는 순간 졸업 때까지 필수로 이수해야 하는 교과목이 생기는 것이고, 전혀 본인의 진로와 무관한 교과목도 졸업을 위해서 할 수 없이 들어야 하는 비효율적인 시간낭비, 준비시간 낭비가 될 것이기 때문이다.

전공 불문을 결정한 경우, 일단 본인이 선택한 진로(직무)에 대한 분석부터 시작해야 한다. 그리고 본인의 직무경쟁력, 즉 My Job Item을 찾아내야 한다. 그런 후에는 전공을 살리는 지원자에 비해서 더 많고 분명한 직무관련 경험과 교과목, 그리고 다양한 활동, 개인 성향 등을 하나하나 그 직무에 접목시켜 주어야 한다. 그래야 관련 전공자들과 상대적인 선의의 경쟁이라는 것을 할 수 있기 때문이다.

내가 잘할 수 있는 일을 찾았기 때문에, 나는 전공을 살리지 않고 전공 불문으로 지원하게 되었다는 것을 채용하는 평가자에게 전해주어야 한다. 비록 전공을 살리지 않더라도 전공을 완전히 배제한 상태에서의 지원은 불리하다. 수년을 전공이라는 이름으로 학교를 다녔고, 수십 교과목을 전공관련으로 수강했는데, 전공을 직무와 연관시키지 않는다는 것은 너무 많은 것을 버려야 하는 것이기에, 직무에 필요한 직무역량 중에 전공과 직간접적으로 연관이 되는 부분을 찾아야 하고, 간접적인 수업과정에서의 팀풀 등 상황들을 모두 펼쳐 놓고 활용할 수 있는 것을 찾아보아야 한다.

그러고 나서 졸업까지의 모든 활동과 경험, 교과목, 동아리, 알바 등을 직무와 연관시켜서 본인의 직무경쟁력을 뒷받침하는 검증항목으로 자료화시켜야 한다. 비록 전공 불문으로 지원하지만, 충분히 관련 전공자들과 경쟁할 수 있는 기본은 전공자보다 더 절실한, 그래서 하나하나 내가 고민하고, 선택하고, 실행했던 수많은 인고의 시간들이 전제되어야 한다. 그래야 충분히 전공자들과 경쟁이라는 것을 할 수 있다.

졸업 유예는 절박함의 문제, 현실을 피해가는 이미지

졸업을 유예하는 학생들의 명분은 어설프지만 나름 분명하다. 아직 진로(직무)가 결정되지도 않았고, 취업 준비도 많이 부족하고, 그래도 학생 신분을 유지하고 졸업예정자로 취업활동을 하고 싶은 그 마음이 이해는 간다. 하지만 나는 개인적으로 졸업을 유예하는 것에 반대하는 입장이다. 졸업 유예는 마음가짐의 문제다. 절박함의 문제다. 억지로 학생 신분을 유지하고 졸업예정자로 남는 것이기에, 채용하는 기업의 입장에서는 잔머리를 쓰고 있다고 생각할 수 있고, 실제로도 그렇게 생각하는 경우가 많다.

때가 되면 졸업을 하는 것이 순리다. 주위의 누군가는 학생 신분, 졸업예정자 신분으로 지원하면 채용평가에 플러스 요인이 된다고 말한다. 그리고 실제로 여러 가지 이유로 실제로 졸업예정자를 묵시적으로 우대하는 기업이 아직 몇몇 남아 있는 것도 현실이다. 하지만 그런 기업은 극히 일부에 불과하다. 졸업을 유예함에 있어서 분명한 이유가 있으면 그건 플러스 요인으로 활용이 가능하다. 직무와 연관해서 어디에선가 인턴, 계약직 등의 비정규직으로 경험을 쌓고 있다면 충분히 플러스가 되는 것이 있듯이, 누가 들어도 분명한 이유가 있으면 졸업 유예는 나의 경쟁력으로 만들 수 있다.

하지만 평가자는 바보가 아니다. 어설프게 이유를 둘러대면 그건 악수 중에 악수가 되어 평가에 영향을 준다. 차라리 치열했던 대학생활을 보상받기 위하여 사회생활을 하게 되면 할 수 없는 일을 하고 싶어서, 대학생의 특권을 누리고 싶어서 배낭 하나 메고 여기저기 여행을 다녔다. 이 시간이 나에게는 내 인생에 터닝포인트로 작용하여 앞으로 일을 수행함에 있어서 충분한 기폭제 역할을 할 수 있을 것 같다라고 하자. 그게 차라리 인간적이고, 평가자의 입장에서는 공감을 할 수 있는 부분인 것이다. 어설픈 잔머리는 아무 의미가 없다. 왜냐하면 채용하는 기업에서의 평가자는 너무도 잘 알고 있기 때문이다. 순수하게 졸업 유예자를 생각해 주는 평가자는 없다는 현실을 알고 있었으면 한다.

그러면 "이미 졸업을 유예하고 있는 학생은 어떻게 하죠." 하는 질문을 많이 받는다. 그건 어쩔 수 없는 팩트이고 바뀌지 않는 현실이니, 각색을 해야 한다. 유예의 이유와 유예 기간 동안 무엇을 했는지, 그 행동과 준비가 지원하는 직무에 어떤 경쟁력을 만들어 주었는지 분명하게 답을 찾아서 준비해야 한다.

그렇다면 휴학은 어떤가.

학생들이 대학생활을 하면서 요즘 휴학은 필수라고 한다. 한두 번 휴학을 해보는 것이 당연시되는 것이다. 그럼 기업에서는 물어본다. 자연스럽게 "왜 휴학을 했나요?" 휴학을 한 목적과 그 휴학 기간에 대한 궁금증에 대한 질문이다. 스스로에게 물어보자. "나는 왜 휴학을 결정했지?"

너무 지쳐서 나에게 Refresh 시간을 가지게 하기 위해서, 혹은 자유를 만끽하게 하기 위해서 휴학하는 동안 내가 스스로 돈을 마련해서 그 돈으로 세상 구경을 다녔다라든지. 아니면 꼭 접해보고 싶은 교육이 있어서 휴학을 하고 그 교육을 들어보았다든지.아니면 공무원이나 회계사 등 고시에 준하는 시험준비를 위해서 올인해 보려고 장기간 휴학을 했다거나 등등, 이유가 분명해야 한다는 말을 하고 싶다.

대학생에게 휴학이라는 것은 대학생이 가질 수 있는 특권이다. 그러니 즐기고 활용하고 만끽해도 좋다. 하지만 중요한 것은 기업에서 지원자에 대한 대학 입학 후의 행적을 중심으로 평가를 하는 이유가 대학에 입학하고 나서 모든 크고 작은 결정이 스스로의 고민과 선택으로 결정된 것이라는 점을 이해하기에, 휴학이라는 기간이 지원자에게 어떻게 활용되었는지 그것이 중요한 것이다. 그것을 통해서 기업은 지원자의 성향과 앞으로의 삶에 대해서 간접적으로나마 이해할 수 있는 기회이기 때문이다.

휴학이라는 특권을 누리는 것은 좋은데, 졸업을 유예하는 것보다는 재학 중에 휴학을 하는 것이 그래도 더 유리한 보탬이 되는 것이기는 하지만, 분명한 이유를 가지고 결정했으면 한다.

선택과 집중이라는 뻔한 말이 왜 여전히 모두에게 공감을 얻는가 생각해 보자. 선택을 하는 과정과 이유가 있을 것이고, 그 선택의 보다 나은 결과물을 위해서 최선을 다하는 집중하는 그 모습을 통해 기업에서는 지원자의 미래를 갈음해 보고 그 미래에 투자할 마음이 생기는 것이다. 모든 선택에서 본인만의 이유를 찾는 습관을 가져야 한다. 그 이유는 하나하나 본인의 직무경쟁력, 즉 My Job Item이 될 것이기 때문이다.

현직자 얘기에 집중하자

  내가 대학에서 일을 시작한지 10년 거기에 직장생활과 사업까지 20년 그렇게 총 30여년을 사람에 대한 채용, 인사, 교육에 몸담았고, 늦게나마 대학에 오고 나니 '이 일이 내 천직이구나.' 하는 생각을 갖게 되었다. 그건 그 무렵, 자식이 대학에 입학을 하였고, 모든 학생들이 내 자식 같다는 생각을 하게 되었기 때문이기도 하고, 나의 작은 관심이 1년에 1만여 학생들에게 일일이 문자를 보내고 답을 해주면서 어느새 내 핸드폰에는 7,000여 학생의 연락처가, 카톡에는 5,000여 학생이 실제하고 있다. 내 핸드폰에 연락처가 기재되는 대상은 한 번이라도 직접 대면해 본 학생들이다. 그러면 내가 매년 1만여 학생, 10년이면 10만여 학생, 거기에 실제로 만났던 학생들이 7,000명은 된다는 것이니, 내가 듣고 상담했던 내용이 조금이라도 학생들에게 도움이 되지 않겠는가.

  서론이 길었다. 내가 왜 진로, 직무를 결정하는 데 가장 중요한 것이 현직자의 얘기를 직간접적으로 접해 보아야 한다고 하는지에 대한 얘기를 해주고 싶었다. 나도 사회생활 30년인데, 구체적으로 알고 있는 분야는 HR과 HRD 인사 채용 교육 분야에 국한된다. 그러나 오랜 조직 생활로 다른 직무에 대한 이해도는 각각의 직무에 대해서 업무적으로, 또는 개인적으로 자주 접하게 됨으로 누군가에게 소개할 정도는 된다. 하지만 수많은 주위의 진로 취업관련 컨설턴트 전문가들을 보라. 학생들에게 진로설정과 취업준비에 대해서 도움을 줄 수 있는 정말 많은 사람들이 여러분들 주위에 포진하고 있다는 사실을 전제로 하여 이야기를 시작해 보자. 모든 컨설턴트는 개개인별로 자신의 전문분야가 있다. 내가 그렇듯이, 그리고 학생들에게 상담을 하기 위해서 이 시간에도 상담에 필요한 생소한 직무에 대해서 서칭하고, 분석하고, 현직자들을 찾아본다. 그래야 제대로 된 상담이 가능하니까. 심지어 직업상담사라는 전문자격증을 소지했거나 기업에서 채용관련 일을 했던 전문가도 이렇게 상담 준비라는 것을 할 때 현직자들을 찾아보는데, 하물며 진로설정을 위하여 직무에 대해서 알아보는 학생입장에서 현직자에 집중해야 하는 것은 너무도 당연한 일이 아닐까?

나는 진로에 대해서 고민을 시작하는 학생, 이미 진로를 정해서 준비하고 있는 학생 할 것없이 무조건 현직자를 접해 보고 그들이 하는 말에 집중하라고 권한다. 그 이유는 채용하는 기업에서 원하는 그 직무 지원자에게 요구하는 직무 역량이 현직자들을 통해서만 얻을 수 있는 확인 가능한 것이기 때문이다.

채용하는 평가자는 물어본다.

"당신은 여기에 왜 지원했습니까?"

"우리가 왜 여기 이 많은 지원자 중에 당신을 채용해야 합니까?"

"당신은 우리 회사에 입사하면 무엇을 하고 싶습니까?"

분명한 이 세 가지 공통 질문에 답하기 위해서라도, 그 현실적인 최적화된 답을 얻기 위해서라도 현직자에게 그 답을 물어봐야 한다는 것이다. 현직자들을 접할 수 있는 기회는 다양하다. 우리 학교의 학과별 취업 선배 Job Path를 활용하는 방법, 현직자들이 모여 있는 사이트들을 찾아보는 방법이 그것이다.

현직자들은 말한다. 우리 업종의 특징은 무엇이고, 우리 기업은 어떤 곳이다라는 말은 기본이고, 우리에게 직접적인 도움이 되는 다음과 같은 말을 해준다.

내가 하고 있는 직무 중 이 일은 어떤 일을 주로 하는 것이라는 직무내용. 그리고 이 직무를 수행하는데 필요한 역량은 이런 것이라는 직무역량. 거기에 나는 이 직무에 지원하기 위해서 이런 준비를 했다는 본인만의 직무 준비스토리.

간단하지만 이 정도면 직무와 관련된 모든 내용이 다 나왔다고 봐야 한다.

기업에서 채용할 때 가장 중요하게 생각하는 것이 지원한 이 직무에 정말 관심이 있어서 지원한 건가. 그러면 지원한 직무가 어떤 일을 하는 것인지 알고는 있나. 그리고 지원한 직무에 필요한 직무역량이 뭔지는 아나. 결론적으로, 그래서 그런 직무역량 중에 지원자가 가지고 있는 직무 강점(My Job Item)은 뭔가.

이런 질문에 제대로 된 답변을 하려면 현직자에게서 해당 직무 관련, 업종관련, 기업관련 얘기를 들어야 한다는 것이다. 알면 지금부터 실행으로 옮기자. 현직자가 아니거나 해당 직무에 관심이 높지 않으면 나올 수 없는 직무관련 내용들이 자소서에 녹아 있고, 면접 답변에 포함되어 있어야 한다는 것이다.

한 예로 잡코리아 공채 항목에 현직자 2,000여 명의 직무인터뷰가 있으니 활용해 보기 바란다. 거기에 Comento, itdda도 활용해 보기 바란다.

직무 설정이 안돼 막막할 때, 여기에서 관심있는 분야의 현직자 인터뷰를 100여개 이상 읽어보다 보면, 나도 모르게 내가 어떤 직무에 경쟁력을 가지고 있는지 확실하게 알 수가 있게 된다. 여기에 있는 직무인터뷰 400여 개를 읽어보고 본인의 직무를 설정해서 성공적인 취업을 한 학생도 있다. 직무를 결정하기 위한 나만의 직무 선택 가이드라인을 설정하고 싶다면, 직무를 알아야 하고 직무역량을 파악해 봐야 함으로 일단 현직자를 통해서 그들의 얘기에 집중해 보는 것도 좋은 방법이다.

예시된 사이트에서 관심있는 직무에 대해서 가벼운 터치로 충분히 많이 읽어보고 간단하게 1차적으로 나만의 직무분석을 어려워하지 말고 일단 작성해 보자.

나만의 직무분석

직무명	직무내용	직무역량	내 강점과 매칭

관심있는 직무부터 찾고,
업종, 기업, 순서대로 하자

"닭이 먼저냐? 달걀이 먼저냐?"라는 풀리지 않는 질문이 있다. 그건 말 그대로 생각하기 나름이다. 어떤 과학적인 근거를 제시해도 나는 잘 모르겠다.

마찬가지로 "좋아하는 일을 직무로 삼아야 하나요? 아니면 잘하는 일을 직무로 설정해야 하나요?"라는 질문에 대한 답은 전문가들도 조차 다양할 수 밖에 없다.

내 생각은 좋아하는 일도 직업이 되어 그것이 평생 내 직무로 된다면 시간이 지날수록 좋아하는 마음이 희석되고 싫어질 가능성이 다분하다고 생각한다.

그러면 내가 잘할 수 있는 일을 내 직무로 삼아야 하는데, 그럼 어디에서부터 시작해야 하나. 관심이 가는 직무분야로부터 시작해야 하는 것이 맞다. 하지만 그것에 단지 관심만 있을 뿐 내가 상대적으로 잘할 수 있는 일인지는 단순 관심 직무라는 것으로는 턱없이 부족하다. 관심 직무라는 것으로 취업을 할 수는 없는 이유이다.

내가 상대적인 경쟁을 통해서 10명이고, 30명이고를 뒤로 해야 채용이 될 수 있다. 그런데 지원자 모두가 원래 관심이 있었다고 강변한다. 이런 저런 개인적인 특수성 등 이유를 대면서….

그때 채용하는 기업의 입장에서는 관심이 있다고 말한 그 직무에 대해서 지원자의 진정성을 검증해 나간다. "왜 관심이 있죠. 그래서 그 직무가 어떤 일인지 그 직무 내용에 대해서 알고 있나요 그러면 그 직무를 잘하기 위해서는 어떤 직무역량이 필요한가요." 마지막으로 "그래서 본인이 그런 직무역량 중에 어떤 직무강점이 있는지 얘기해 보세요." 반복되는 얘기이지만, 기업이 확인하고 싶어하는 것은 왜 하필 이 직무에 관심을 가지게 되었느냐는 것이다. 해당 지원 직무에 관심이 있는 지원자도 입사를 하게 되면 오래 버티지 못하고 퇴사하는 경우가 비일비재하기 때문에, 더더욱 정말 해당 지원 직무에 관심이 있는지 집요하게 검증한다. 그러니 스스로도 인정하는 관심 직무를 찾아야 한다는 것이다.

그렇게 관심 있는, 누가 들어도 관심이 있구나 하는 직무를 설정하고 나면 그때 두 번째로 관심있는 업종을 찾아야 한다. 여기에서는 좋아하는 분야가 적용될 수 있다. 내가 잘할 수 있는 직무 강점을 기준으로 직무를 설정했으면, 이제는 본래 좋아했던 실제 관심 분야를 업종으로 삼으면 된다.

다양한 서칭을 통해서 업종 분석을 해보고, 내가 관심 있고 직무경쟁력이 있는 직무를 좋아하는 분야의 업종으로 연결하면 된다. 그리고 마지막으로 그 업종에 있는 기업선택이다. 기업을 선택할 때는 극히 현실적이 되어야 한다. 입시와는 다르게 취업에 재수, 삼수는 의미가 없다. 채용하는 기업 입장에서도 재수, 삼수자에 대한 평가는 상대적으로 박하다. 그렇기 때문에 기업을 선택할 때는 우선 한 번에 취업이 가능한 현실적인 레벨을 감안해야 한다. 설사 한 번에 취업이 어려워서 우회로를 설정한다고 해도 분명히 당장 가능한 범위를 설정하는 것이 우선이다. 2년 정도 우회를 한다고 해서 앞으로 사회생활을 30년 이상 한다고 가정했을 때, 그 기간은 본인의 커리어에 크게 누가 되지 않는다.

관련 직무에 대한 경력 1년은 소위 회자되고 있는 사회적 통념상의 학교 레벨을 2단계 상향시켜 준다는 사실에 집중해야 한다. 이건 분명한 채용 기업의 기준인 것이다. 그런 기준이라면 관련 직무 경력 2년이면 어떤 학교 졸업자와도 경쟁이 가능하고, 거기에 더 유리한 평가를 받을 수 있다는 팩트는 누구나 인정하는 기업의 채용 기준이 된 지 오래다. 1, 2년 직무 경력이 있는 지원자가 우리 회사에 중고 신입으로 입사 지원을 해준다면 그것만큼 채용 기업에서 고마울 수가 없다는 얘기를 너무도 많이 접하게 된다.

마지막 단계의 취업 준비는 동종업종에 있는 기업 간의 비교인 것이다. 이것이 가장 어렵고, 준비 기간이 많이 필요한 부분이다.

예로 시중은행 6곳을 생각해보자. 대부분의 시중은행 입사를 준비하는 학생이라면 날짜가 겹쳐서 어쩔 수가 없는 상황이 아니면 6개 시중은행에 모두 지원을 한다. 안 하는 것이 이상한 것이다. 물론 개인별로 우선순위는 정해져 있겠지만, 6개 시중은행에 모두 지원을 했을 때, 평가하는 입장에서는 어떤 은행에서 "이 지원자 괜찮네." 하고 평가하게 되었다면, 사람을 평가하는 기준과 사람을 보는 눈은 동종업종에서 보기에 거의 비슷하기 때문에, 그때부터 은행에서 궁금한 것은 왜 우리 은행이 지원자 본인에게 우선순위인지에 대한 건이 될 것은 자명한 사실이 된다. 그래서 "지원자, 당신의 제1순위 은행은 어디인가요." 물어본다. 다양한 방법으로….

그때 은행간의 구체적인 비교가 되어 있으면 분명하게 답할 수 있다. 이런저런 이유로 해서 귀 은행이 시중은행 중에서는 내 1순위 은행이라고 말이다. 동종업종에서 기업간의 비교는 그래서 마지막 단계에서 가장 중요한 취업 준비가 되는 것이다. 그래서 시중은행 입사를 준비하는 학생에게 말한다. 은행간의 비교를 시작해 보라. 최대한 구체적으로….

각 은행의 상품을 세분화해서 비교한 후 장단점을 도출해내고, 지역별로 시내 번화가, 대학가, 주거지별로 그것도 시간대별로 방문하여 은행별 지점 관리시스템, 365일 자동화코너 운영실태, 거기에 One-Stop 인터넷뱅킹 등 비교할 수 있는 모든 것을 다리품 팔아서 하나하나 비교 분석해 보고, 본인만의 거창하지는 않지만 의견을 제시하면 누가 들어도 그 진정성과 절실함을 평가에 반영받을 수 있는 것이다.

정리해 보자. 일단 잘할 수 있는 관심 직무를 찾고, 좋아하면서 평소 관심이 있던 분야로 업종을 선택하고, 동종업종 기업들 간의 비교를 통해서 최적의 기업에 지원하자.

대학원 진학은 내 커리어의 추가 엔진과
인적 네트워크 구축의 초석

대학원 진학 건으로 고민하는 학생들이 의외로 많다. 대학을 졸업하고 곧바로 대학원에 진학하는 경우는 전공을 심화로 더 깊게 하고, 파고 싶은 분야가 생겨서 진학하는 학구파, 시간을 더 벌려고 진학하는 도피파, 전공관련 지원자격을 갖추기 위해 진학하는 순리파 등 크게 3가지 유형으로 구분된다. 대학원을 생각하고 있다면 본인은 어떤 유형인가.

채용하는 기업의 입장에서는 대학원을 졸업한 석사학위 취득자를, 이공계의 경우 지원분야와 일치한다면 경력으로 순수하게 인정해 주게 되고, 그 외의 경우에는 대부분 나이를 2, 3세 더 먹은 학사 정도로 취급한다.

여기에서도 분명한 진학 의도가 고려된다. 대학원부터는 대학과는 다르게 특정한 분야로 구체화된 전공을 하게 되어 있다. 그렇기 때문에 더더욱 진학을 왜 결심하게 되었는지에 대한 건이 중요하다. 그러므로 스스로에게 물어봐야 한다. 왜 진학하는지….

그 대답이 바로 나오지 않는다면, 그리고 도피성이거나 순리적으로 진학을 생각하고 있다면 재고해 볼 것을 권한다. 기업에서 석사학위 취득자를 생각하는 마음이 이렇게 현실적인데, 시간을 대학원에 투자하는 것이 무슨 의미가 있겠는가. 대학원 진학은 그것도 대학 졸업 후 곧바로 대학원으로 직행하는 것은 분명한 방향설정이 끝난 상태여야 한다는 대전제가 필요하다. 분명히 확실한 이유가 있고, 그 진학으로, 그 석사학위로 지원하고 싶은 직무만 분명하다면 대학원은 충분히 본인의 커리어가 될 수 있다.

대학원은 특정한 분야의 전공이 있기 때문에, 대학과 지도교수 선정에 신중해야 한다. 본인이 원하는 그 분야에서 그 대학이, 그 학과가, 그리고 제일 중요한 지도교수가 어떤 연구분야를 가지고 있는지 타이트하게 검증해야 한다. 그리고 거기에 맞추어서 철저하게 준비해 나가야 한다. 그래야만 내 커리어에 있어서 추가적인 엔진으로 그 효과를 볼 수 있는 것이다. 그리고 대학원은 전적으로 본인이 희망하는 분야 직무에 인적네트워크를 구축하는 시금석이 된다고 보면 된다. 결국에 사회생활은 인간관계로 승부할 수밖에 없는 구조이다. 혼자서 할 수 있는 일은 없기 때문이다. 그래서 대학원(학교/학과/지도교수)을 선정할 때는 향후 직무관련 네트워크 형성까지 고려해 보아야 한다.

그래서일까. 일단 대학을 졸업한 학사신분으로 취업을 하고, 5년 전후로 지금 담당하고 있는 분야에서 구체적으로 관심이 생겼거나 경쟁력을 제고할 필요가 있을 때, 극히 현실적인 이유로 대학원 진학을 하는 경우가 많다. 그런 진학은 소위 주경야독 스타일로 일과

시간에 근무를 하고, 주말이나 야간 시간을 활용해서 해당 직무의 직장인들이 주로 모이는 대학원에 진학하게 된다. 자연스럽게 서로 간의 노하우를 공유하고, 끈끈한 인적네트워크를 형성할 수 있는 기회도 제공되는 케이스이다.

인적네트워크의 기본은 give & take의 원칙이 철저히 적용된다. 내가 알고 있다는 사실, 내가 상대방의 명함을 가지고 있다는 것만으로 상대방이 내 인적네트워크, 소위 내 인맥이 되는 것은 절대 아니다. 상대방이 실질적으로 내 인맥으로 되는 시점은 상대방이 자발적으로 필요에 의해서 내 연락처를 보관하면서부터 시작되는 것이다. 받기 전에 내가 도움을 줄 수 있는 것부터 찾아야 하는 이유가 거기에 있다. 결국 대학원은 가장 신뢰하는 내 우군을 만들 수 있는 하나의 좋은 통로역할을 하게 된다.

직장생활을 하면서 대학원 수업을 병행한다는 것은 결코 쉬운 일은 아니다. 하지만 향후 미래를 위한 투자개념이라면 이 방법을 추천해 본다. 치열하게 경쟁이라는 것을 하면서 사는 삶을 선택한다면, 한 번은 도전해 볼 만한 가치가 분명히 있다고 하겠다.

하지만 치열하게 사는 삶만 있는 것은 아니기 때문에 모두가 이렇게 살아야 할 이유는 전혀 없다. 순전히 개인의 선택이면 되는 것이다.

내 강점과 약점은
주위 평판에 답이 있다

내가 잘할 수 있는 일이 없다는 건 거짓말.

뭘 해야 할지 모른다는 것도 Self 검증이 안되었다는 방증.

일단 내가 살아온 짧지 않은 시간,

주위로부터 내가 들었던 얘기 평판에 집중해보라.

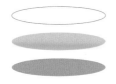

살면서 주위로부터 칭찬받았던 게 뭐지

"당신의 강점은 무엇입니까?"

어려워 보이지 않는 이 질문에 많이들 망설인다. 어떤 인생관을 가지고 사는지 거창하게 알고 싶어서 물어보는 질문이 아니다. 어떤 생각을 가지고 있는 사람인지, 어떤 스타일의 사람인지 그것을 확인하고 싶어서 하는 질문이다. 그리고 이 질문의 답이 곧 나의 직무 강점으로 나의 직무경쟁력으로 연결 되는 것이다.

그렇다면 스스로에게 물어보고, 지금까지 주위에서 들었던 수많은 얘기들을 떠올려보자.

지금까지 지내는 동안 집에서, 학교에서, 알바를 하면서 접했던 사람들 그리고 친구들에게, 지나가는 사람에게, 여행하면서 마주

친 사람들 등등 많은 사람들에게 들었던 얘기 중에 좋은 깃은 아주 소소한 것부터 모두 다 끄집어내 보자. 이 시간부터 강점을 칭찬이라고 바꾸어서 표현해 보기로 한다. 편안하게 생각을 도출해 내기 위해서 칭찬받은 내 모습을 만나 보자.

조금이라도 좋은 쪽으로 들었던 얘기는 모두다 내 강점으로 연결이 가능하기 때문에 본인에게 최대한 관대해 져서 나의 칭찬 평판을 작성해 보기로 한다.

낯간지러울 정도로 본인 자신의 좋은 면을 만나보는 시간이 되어야 한다.

이 과정을 통해서 숨겨져 있던 나의 강점을 찾아내서 직무와 연결시키는 근거로 만들 것이기 때문이다.

나의 칭찬 평판

칭찬 종류	칭찬 상황	연결 가능 직무	적용 직무 역량
성격적인 칭찬			
가정에서의 칭찬			
학교에서의 칭찬			
알바할 때 칭찬			
팀플할 때 칭찬			
동아리에서 칭찬			
그 밖의 칭찬			

칭찬이라고 표현하고 다 끄집어내다 보니 나란 사람도 참 칭찬을 많이도 받고 살았다는 사실을 인지할 수 있지 않은가. 없다고 생각할 때는 강점이라고는 눈을 씻고 봐도 찾기 어려웠는데, 이렇게 다 들추어내니 몇 가지는 있다는 것을 알게 된다.

그러면 여기에서부터 나의 강점에 대해서 생각해 보기로 한다.

자연스럽게 내가 현재 가지고 있고, 평가받았고, 앞으로도 유지 가능한 명실상부한 내 대표적인 강점을 이제 우선순위로 5가지만 추려 보기로 한다.

나의 강점 5가지

구분	강점 내용
첫 번째 강점	
두 번째 강점	
세 번째 강점	
네 번째 강점	
다섯 번째 강점	

그럼, 살면서 욕먹고 지적 받았던 건 뭐지

강점을 찾아보았으니, 이제 피해가야 할 "당신의 약점은 무엇입니까?"

사람은 누구나 양면성이 있기 때문에, 강점이 있으면 당연히 약점도 존재하는 것이다. 이번 기회에 내가 그동안 살면서 지적을 받았거나 심하게 욕까지 먹었던 상황들을 끌어내 보는 시간을 갖도록 하자.

이런 과정을 통해서 자연스럽게 나의 단점을 도출해 보고 노출하면 안 되는 것들을 순화시키고 자연스럽게 장점화시킬 수 있는 방법을 찾아보기로 한다. 단점이라고 무조건 숨기는 것이 능사는 아니다. 어떤 식으로, 어떤 상황으로 노출 시키느냐에 따라 임팩트 있게 본인의 강점을 검증해 주는 수단으로도 사용이 충분히 가능하기 때문이다.

뒤에 설명될 치명적인 약점은 각색의 힘을 발휘하여 숨겨보는 것으로 하고 일단은 솔직하게 스스로의 약점을 도출해 보기로 하자.

1차로 도출된 약점은 그 것을 인식하게 된 계기와 그리고 나서 본인의 개선노력이 합쳐지면서 강점보다도 더 진정성이 확보된 답변들을 만들어 낼 수 있기 때문에 본인의 약점에 진심으로 접근해 봐야 한다.

나의 약점

지적 종류	지적 상황	6대 약점과 연결
성격적인 지적		
가정에서의 지적		
학교에서의 지적		
알바할 때 지적		
팀플할 때 지적		
동아리에서 지적		
그 밖의 지적		

그동안 지적 받았고 욕먹었던 내용들을 다 들추어내니 속이 다 시원하지 않은가.

이제부터는 기업에서 절대적으로 꺼리는 스타일의 성격적인 단점, 업무 스타일적인 단점 등을 도출해 보기로 한다.

약점을 너무 많이 드러내는 것은 분명히 손해이지만. 내 대표적인 약점을 이제 우선순위로 3가지만 추려 보기로 한다.

나의 약점 3가지

구분	약점 내용
첫 번째 약점	
두 번째 약점	
세 번째 약점	

칭찬받았던 거는 내 장점이고,
지적 받았으면 내 단점인 거지

길지 않은 본인 인생을 철저하게 돌아보는 시간을 가져보았다.

내가 살면서 칭찬받았던 것도, 욕먹었던 것도 모두 내 모습이니, 있는 그대로 인정하는 것부터 시작해 보기로 하자. 그리고 가장 강력한 칭찬 5가지를 내 강점으로 우선순위로 찾아내었고, 가장 피하고 싶은 내 지적 사항은 3가지만 내 약점으로 도출해 내었다.

사람을 보는 눈은 비슷하다. 사람과 사람 간의 모든 상황들은 상대적이라고 하지만, 기준이 정해져 있는 경우, 즉 채용과정에서는 사람을 평가하는 눈은 비슷하다고 봐야 한다. 실제로도 그렇다. 그러면 공통적으로 칭찬을 받았던 것이 내 장점으로, 공통적으로 지적 받은 것이 내 단점으로 일단 정리된 것이다.

이제 내 장점과 내 단점이 정해졌으니, 지금부터 My Job Item을 만들어 보기로 한다.

Game에 Item이 있듯이, Job에도 Item이 존재한다는 사실부터 받아들이고, 내 단점으로 보완된 내 장점을 가지고 제대로 된 나만의 직무경쟁력을 도출해 본다.

직무라는 것을 전제로 놓고 나를 부각시킬 수 있는 장점은 다양한 검증 수단을 통해서 임팩트있게 표현하고 반면에 드러나면 치명적일 수 있는 단점은 그것을 인식하고 개선하려고 했던 노력으로 장점 화시켜 나가는 과정이 취업준비 과정이라고 말 할 수 있다.

그런 측면에서 이제 본격적으로 스스로 도출해 낸 본인의 강점을 직무와 연결시켜서 본인만의 직무경쟁력으로 만들어 가는 과정을 진행해 보기로 하자.

평판으로 도출된 내 강점을
내 직무경쟁력으로 연결해야

직무경쟁력이라는 것은 직무파악에서부터 시작된다. 직무별로 그 직무가 어떤 일을 하는 것인지에 대한 이해가 선결되어야 한다. 직무에는 기업에서 그 직무를 가장 잘하는 직원들을 대상으로 그들의 역량을 분석하고 정리한 직무역량 기준이 정해진다. 이런 역량을 가지고 있으니 해당 직무에서 확실한 실적을 달성하고, 조직관리도 가능하다는 검증된 기준으로서의 공인된 직무역량인 것이다.

직무역량이 파악되면 그때부터 나의 경쟁력 있는 직무설정이 시작된다. 평판에 의한 칭찬에서 시작된 내 강점이 어떤 직무역량과 직결되는지에 대해서 확인하고, 이제 비로서 나의 진로가 1차로 설정되는 것이다. 그렇게 설정된 나의 직무를 통해 나의 강점이 해당 직무의 직무역량과 매칭되는 부분을 찾아내야 한다. 매칭이 되는 순간, 나만의 강점이 나의 직무경쟁력, 즉 나의 직무 강점이 되는 것이고, 이것이 곧 My Job Item으로 자리매김되는 것이다.

여기까지 이르게 되면 나는 나의 강점이 직무를 설정해 주었고, 상대평가에서 나의 취업 무기가 되어줄 현실적이면서도 강력한 직무 강점이 확정된 것이다.

My Job Item, 나만의 직무경쟁력인 직무 강점을 도출하는 과정이 순탄하지만은 않지만, 내가 현재 가지고 있고 앞으로 취업지원 전에 가질 수 있는 것을 가지고 직무 강점을 찾은 만큼 이제부터는 모든 활동을 나의 직무 강점을 검증하는 곳에 집중해야 한다. 그런 의미에서 앞에서 작성했던 '직무역량 세부내역'을 다시 한번 확인해 보기로 한다. 교과목 하나하나, 경험, 경력, 자격증, 참여교육 등 등을 내가 설정한 직무 강점과 연결시키는 작업이 필요하다.

이제 정리해 보자.

나의 직무 경쟁력이면서 직무 강점 3가지

구분	직무	필수 역량	필수 강점
첫 번째			
두 번째			
세 번째			

지적 받았던 단점, 이것만은 피하자.
100% 불합격이니까

주위로부터 지적을 받았거나 심지어는 욕까지 먹었던 것들, 그래서 내 단점으로 스스로 확인한 내용을 염두에 두고 지금부터 기업의 입장에서 보는 최악의 단점 6가지를 알아보자.

기업의 채용 과정은 우수한 인재를 선발한다는 의미도 있지만, 실제로는 조직에 부적합한 지원자를 하나하나 우선적으로 떨어뜨리는 의미가 더 크다고 할 수 있다. 채용 평가기준에 의거하여 채용을 하면 안 되는 이유를 찾아내는 것은 생각보다 쉽다. 처음 보는 사람에게서 장점을 찾아내고, 그 장점을 검증하는 것은 어렵고 힘든 과정이지만, 처음부터 지원자에게서 채용 불가 이유에 의거하여 불합격 처리하는 것이 현실적이라는 것이다.

그럼, 채용하는 기업의 입장에서 어떤 점이 확인되면 최우선으로 불합격 시킬까.

첫 번째는 자기주장이 강해 보이는 지원자이다.

자기주장이 강하게 보인다는 것은 고집이 있어 보인다는 것이다. 정해진 규정 내에서 규정을 준수하기 위하여 거절을 하게 되는 경우, 우리는 그런 행동을 고집이라고 표현하지는 않는다. 하지만 거절을 함에 있어서도 상대방이 보기에 전혀 상대방을 배려하지 않고 자신의 주장을 펼치는 경우, 규정을 준수하고 있으면서도 상대방과 트러블이 생기게 된다. 자기주장을 고집하는 스타일의 지원자를 기업에서 최우선으로 배제하는 이유는 여기에 있다. 기업은 혼자서 운영되지 않는다. 각종 부서에서 각자의 업무들을 조율하며 의견을 나누면서 최적의 결과물을 도출하기 위하여 목표를 설정하게 되고, 그 목표를 달성하기 위한 기획이 세워진다. 그리고 일단 목표가 정해지면 이제는 어떻게 그 목표를 달성할 것인지에 대해서 함께 목표를 공유하고 실행해 옮겨야 하는데, 그때에도 본인의 주장을 굽히지 않고 자신만의 생각에 매몰되어 고집을 부리는 직원을 어떤 기업에서 원하겠는가.

고집이 있어 보이는 지원자는 조직에서는 트러블메이커이고, 불평불만 세력으로 조직의 물을 흐리는 사람으로 취급받을 수밖에 없다. 목표를 설정하기 전 과정에서는 근거에 의거하여 자기주장을 펼치지만, 결론이 났으면 그때부터는 고집 부리지 않고 동화되는 모습을 보여야 한다.

두 번째는 덜렁거려 보이는 지원자이다.

일의 기본은 꼼꼼함에 있다. 일단 주어진 일이 무엇인지 지시를 받으면서 재확인하고, 일이 진행되는 과정에서도 중간중간 피드백을 하면서 일이 똑바른 방향으로 잘 진행되고 있는지에 대해서 팀원들과 공유해야 한다. 그런데 잘 흘리고 다니는 스타일의 사람은 대충대충 일에 임하는 경우가 흔하기 때문에, 일을 시키는 입장에서는 그런 덜렁거리는 스타일의 직원에게 불신이 생기고 일을 맡길 수 없게 된다. 조직에서 어떤 일을 하던 직무별로, 상황별로 주어진 역할이 있다. 그렇다면 그 역할에 충실하기 위해서라도 흘리는 사람이라는 인식을 주위에 심어주어서는 함께할 수 없는 직원이 되는 것이다. 그러므로 사소한 일을 하더라도 항상 확인에 재확인을 거쳐 시작단계부터 챙겨야 한다.

세 번째는 Multi가 불가능한 지원자이다.

Multi하다는 것을 잘못 이해하는 경우가 많다. 내가 가장 잘할 수 있는 직무를 선택했고, 그 직무를 상대적으로 잘할 수 있다고 어필하는 지원자가 "저는 인사 업무도 가능하고요." "구매도 가능하고요." "회계도 가능하고요." "생산관리도 가능하고요." "마케팅도 가능하고요." "영업도 가능하고요."라고 하면, 그런 식으로 여기 찔끔 저기 찔끔이라고 하는 지원자를 채용할 수는 없다. 여기에서 Multi가 가능하다는 것은 내가 지원하고 있는 직무에 대해서는 그 누구보다 Special하다는 전제가 있어야 한다. 지원 직무에서는 전문적이지만, 그 외의 직무에 대해서도 이해는 하고 있다는 것을 강조해야 한다. 오로지 지원한 직무 외에는 아무것도 관심 없고, 할 수 있는 것이 없다고 한다면 그런 지원자를 채용할 수는 없다.

일이란 함께 공동으로 진행되기 때문에, 다른 직무에 대한 이해도가 전제되어야 함께 협업이 가능하다는 취지에서이다. 그리고 문서작성부터 회계 기초, 거기에 간단한 통계까지 가능하다면 충분한 가섬을 받을 수 있다. 요즘은 온라인이 기본이다. 그래서 포토샵, 일러스트, 영상편집도 조금은 할 수 있다고 하면 전혀 못하는 사람에 비해서 충분히 Muiti한 모습을 보여주게 되어 취업경쟁력을 확보할 수 있는 것이다.

네 번째는 숫자 개념이 없는 지원자이다.

기업은 숫자로 시작해서 숫자로 마무리되는 조직이다. 모든 직무에 숫자가 포함되고, 숫자에 의해서 모든 결정이 이루어지는 구조이다. 그렇기 때문에 취업을 준비할 때 Excel과 통계를 강조하는 이유도 여기에 있다고 할 수 있다. 자소서와 면접 대답에 숫자를 가미시켜야 전달력을 극대화시킬 수 있고, 진정성을 검증받을 수 있는 것이다. 수학을 잘했고 못했고 하는 문제가 아니라 숫자를 대하는 자세부터가 중요하다. 숫자에 의해서 모든 기획과 진행 그리고 목표도 설정되고, 그 숫자에 의해서 업무효율, 달성 정도까지 결정되기 때문이다. 그러므로 지원자의 입장에서는 숫자 개념이 부족하다는 느낌이 전달되어서는 좋은 평가를 받을 수 없는 것이다.

다섯 번째는 사람을 만나는 것이 어려운 지원자이다.

사람을 만나는 것이 어렵다는 의미는 '내성적이다.' '외향적이다.'

라는 단편적인 성향에 대한 건이 아니다. 요즘 MBTI 검사결과로 사람을 평가하는 경우가 있는데, 하지만 실제로는 MBTI에 나와 있는 결과로 그 사람을 평가할 수는 없다. 기분에 따라, 컨디션에 따라, 상황에 따라, 시간에 따라, 장소에 따라 유동적인 결과가 나오게 되는데, 각각의 검사결과에서 경계선에 있는 경우에 다수 발생된다. 물론 지극히 쏠리는 경우에는 지원자를 평가할 때 참고는 할 수 있다. 사람을 만나는 것이 어렵다는 의미는 일대 일로 사람과 미팅을 할 때, 다수의 사람들 속에서 회의를 할 때 본인의 의견을 말하지 못하는 스타일이라면 조직 생활이 불가능하다고 할 수 있다는 것이다. 자주 분야별로 영업 왕이라는 사람들을 기사를 통해 접하게 된다. 그런데 영업이라는 것이 말을 수려하게 잘해야 실적이 나는 것이 아니라는 것을 보게 된다. 영업은 상대방을 파악하는 능력, 고객이 원하는 것을 찾아내는 능력, 그리고 그 니즈에 맞는 제안영업을 했을 때 실적과 연결되는 것이다. 여기에서 내가 말을 잘 못한다는 것, 발표를 하려면 목소리조차 잘 나오지 않는다는 것이 문제가 되지는 않는다는 것을 알아야 한다. 하지만 근본적으로 의사표시가 어려울 정도로 사람들 속에서 적응이 안 되는 지원자는 조직의 선택을 받을 수 없는 것이다.

마지막 여섯 번째는 게으른 지원자이다.

직무 별로 그 직무에 적합한 직무경쟁력을 가지고 있는 지원자는 최우선 채용대상이다. 직무에 대한 파악도 제대로 되어 있고, 그 일을 제대로 잘할 수 있는 직무 강점도 분명하다면 적임자일 것이다. 그러나 그보다 더 근본적인 것은 성실하다는 점이다. 지원자가 본인 입으로 "저는 성실합니다." "책임감이 있습니다." "배려심도 있습니다." 이렇게 얘기한다고 그 말에 귀를 기울여줄 평가자는 없다. 그런 얘기는 본인 입으로 해서는 안 되는 것이다. 왜냐하면 지원자 모두가 그렇게 얘기하기 때문에 변별력이 제로이기 때문이다. 그렇기 때문에 '성실하다', '책임감 있다', '배려심 있다' 등 본인의 성실도를 표현할 때는 상황을 가지고 얘기해야 한다. "저는 주어진 역할이 있으면 그 일을 제대로 계획대로 끝마치기 전에는 잠이 오지 않습니다." 이 지원자는 책임감도 있고 성실하다는 방증이다. 스스로가 성실하다는 것을 전달하려면 실제 사례를 들어가면서 본인의 역할에 충실했던 상황을 표현하면 된다.

거기에 주위의 평판을 곁들이면 보다 객관적인 검증이 될 수 있다. 그렇다. 기업에서는 성실한 지원자를 가장 기본적으로 원한다. 그렇기 때문에 게으르다는 뉘앙스를 풍기는 순간, 그 지원자는 1순위로 불합격 처리될 것이다.

취업이라는 것을 준비하는 모든 취업준비생들은 이거 하나만 기억하면 된다. 채용 과정은 떨어뜨리기 위한 과정이라는 것을. 그러므로 무조건 떨어질 수 있는 위의 6가지 단점을 노출시키지 않도록 분명한 체크가 필요하다. 물론 위에 제시한 6가지 외에도 단점으로 노출되면 불이익을 볼 수 있는 것들이 있겠지만, 대표적으로 위의 6가지 경우에는 그런 리스크를 안고 기업 입장에서 채용하기에는 무리가 있음을 인지하자.

내 강점으로 할 수 있는 직무가 경쟁력이다

나만의 강점을 찾았으면,

그 강점이 나만의 직무경쟁력이 될 수 있는 직무로 연결되고,

그래서 해당 직무역량과 나의 직무 강점의 매칭이 시작되어야.

결국에는 상대평가,
내가 가지고 있는 경쟁력이 곧 My Job Item

시험점수가 90% 이상의 당락을 좌우하는 '공'자가 들어가는 공무원(임용포함), 공기업의 경우는 서류나 면접 평가의 의미가 사기업에 비해서 상대적으로 적다고 보면 된다. 내가 얼마나 시간을 투자할 수 있는지, 내가 얼마나 자리에 진득하게 앉아 있을 수 있는지, 내가 얼마나 집중할 수 있는지, 소위 머리 깎고 산에 들어가는 심정으로 세상과의 연을 끊어버리고 고시공부 하듯이 시험준비를 할수 있냐 없냐의 문제이기 때문에, 차라리 선택의 고민은 없다고 할수 있다. 스스로에게 물어보면 답은 나오는 것이니, 솔직하게 본인이 최선을 다하는 자세로 하루에 10시간 이상 책, 학원, 인강 등에 올인이 가능할 수 있는지의 문제인 만큼 답은 스스로에게는 성해져 있는 것이 아니겠는가.

그러나 일반 사기업의 경우, 결국에는 상대평가이다. 10명 채용에 몇 명이 지원했는지, 서류전형에는 20대 1, 인적성검사/필기시험에는 10대 1, 최종면접 과정에서는 1차는 5대 1, 2차는 3대 1, 이렇게 완벽한 상대평가 시스템으로 운영된다. 물론 기업마다 채용전형은 다르겠지만, 해당 부서에서 요청한 직무별 지원자격을 명시하고 우대사항을 체크해서 채용공고를 게재하거나, 일부에서는 서치펌 헤드헌팅 기업에 신입부터 추천을 의뢰하는 경우도 많아지는 추세이다.

그러면 지원자의 입장에서는 이번에 나와 함께 지원한 지원자 중에 나보다 어떤 면에서도 월등한 사람이 있다면, 눈물은 나고 마음은 아프겠지만, 그것은 오로지 '내 복이니, 내 몫이니' 하고 떨어짐의 아픔을 되새기면 되는 것이다.

상대평가이기 때문에 내가 가지고 있는 상대적인 직무경쟁력에 대한 검증 과정은 채용하는 기업의 입장에서는 세밀할 수밖에 없다. 지원자 중에서 직무에 대한 이해도와 직무 역량을 확실하게 보여주는 지원자를 선택하는 과정에서, 지원자의 직무 관심도를 체크해 보고 자연스럽게 직무경쟁력을 비교하여 비교우위에 있는 지원자에게 기회를 주는 과정임을 인지하고, 상대 지원자들을 비하하거나 우위에 있는 본인의 직무경쟁력을 강조하기보다는 직무를 선택한 과정과 확실한 My Job Item을 부각시키는 전략이 우선되어야 한다.

내 직무경쟁력은 최대 3개면 충분

직무경쟁력을 표현할 때, 본인의 직무 강점이 많으면 많을수록 좋을 것 같아서 직무 관련 역량을 나열식으로 전달하려고 하는 건 역효과를 초래한다.

사람마다 차이는 있겠지만, 일반적으로 아무리 다재다능하다 해도 모든 역량을 다 갖추고 있다는 것은 하나도 제대로 갖추고 있는 역량이 없는 것과도 같다고 평가자는 생각할 수밖에 없다. 그러므로 직무경쟁력을 전달하는 직무 역량과 관련된 개개인의 매칭되는 직무 강점은 최대로 많아야 3개를 넘겨서는 안 된다. 2, 3개의 직무 강점을 가지고 상대평가에 임하는 것이 정설이고, 가장 효과적인 방법이다.

기업에서 채용을 하는 평가기준은 복잡하지 않다. 기업마다 기본으로 설정하는 직무 역량 평가 기준은 다르겠지만, 일단 기초적인 단계의 직무관련 평가를 통과한 경우, 그 이전의 평가는 제로 베이스가 되어 면접에 들어가게 된다.

그러고는 면접에 들어가서부터 직무경쟁력을 두고 치열한 검증 싸움이 시작되는 것이다. 수강했던 교과목들, 팀플들, 각종 대외 활동들, 경력들, 경험들, 자격증들을 비롯한 모든 준비가 개개인의 직무경쟁력에 집중되어 표현되기 때문에, 그때 지원자들의 강력한 직무 강점이 비교되고 최적의 지원자를 찾게 된다. 그때 직무경쟁력을 2, 3가지로 설정해서 반복 효과를 통한 전달력 극대화와 진정성 확보에 주력한다면 상대적으로 높은 평가를 받을 수 있을 것이다. 욕심을 버리고 확실하게 본인이 현재 가지고 있는 재능 중에, 그리고 본인이 추구하는 미래에 대해서 현실적으로 제시할 수 있도록 준비하면 된다.

My Job Item(나의 직무경쟁력)을 찾아야
선의의 경쟁이 가능

반복되는 내용이지만, 수없이 반복해도 부족함이 없는 나의 직무경쟁력에 대해서 이제는 어느 정도 감이 올 것이다. 누군가와 경쟁이라는 것을 하기 위해서는 나만의 필살기 같은 무기가 필요한 것이고, 나의 생존을 위해서 무기를 갈고 닦아야 함은 물론이다.

현재 내 이력서의 윗부분을 차지하고 있는 학교, 학과, 학점, 어학성적, 자격증 등의 소위 우리가 스펙이라고 이름 지어준 것에 대한 미련은 버려야 한다. 물론 취업지원을 하기 전에 높일 수 있는 것이고, 그것이 직접적으로 본인의 직무경쟁력을 검증해 주는 수단이 된다면 죽기살기로 해야겠지만, 내가 설정한 나만의 직무경쟁력 My Job Item이 아니라면 지금 이 시간 이후로는 깨끗하게 버리고 선택과 집중이라는 것을 해야 할 때라는 것이다. 해서 안 되는 것임에도 주변 사람들이 모두 가지고 있다며 그 정도는 해야 한다는 소리에 매몰되지 말라는 것을 다시 한번 강조한다.

그러면 그 시간에 뭘 해야 하나?

이력서의 윗부분 스펙이 아닌, 아랫부분의 각종 경험, 대외활동, 경력에 집중하자는 것이다. 채용기준에서 일반적인 스펙보다 직무와 연관된 직무역량을 직접 체험하거나 활동한 실적을 최고의 경쟁력으로 인정해 주기 시작한 지는 오래되었고, 앞으로도 더 넓고 깊어질 것이라는 사실이 정설이다. 채용 기업에 따라서 이력서 상단의 기본 스펙을 요구하는 수준은 모두 다르다고 했다. 그 수준에 따라 내가 목표로 하는 기업은 정해진다. 기업에 맞추는 것이 아니라 본인이 가지고 있는 직무경쟁력에 기업을 맞추는 것이 현실적이다. 나만의 직무경쟁력을 찾는 것은 그래서 가장 중요한 취업준비인 것이다. 그 직무경쟁력이 업종을 정해 주고, 그 업종에서 본인에게 있어서 상대적으로 경쟁우위가 확보되고 정서적으로 합치되는 기업을 선택할 수 있게 해주기 때문이다.

최소한 10명 이상과의 상대평가,
무엇으로 싸울 것인가

현재 채용 시장을 여러 가지로 표현하지만, 그 중에서 중고 신입 (Old Rookie) 전성시대라는 것이 유난히 눈에 띤다. 매번 신입사원 채용에 참여한 학생들이 면접에서 고배를 마시고 찾아와서 면접 과정을 함께 피드백하다 보면 많이 나오는 말들이, 같이 면접을 본 지원자가 관련 직무를 동종 업종에서 했던 경력이 있어서 필드의 현실적인 얘기를 중심으로 하는 것을 보면서 좌절감을 느꼈고, 면접이 끝난 후 저 사람이 채용되겠구나 하는 확신 비슷한 것을 느끼게 되었고, 실제로 그 사람이 채용되었다는 현실에 대한 얘기였다. 무서운 얘기이다. 받아들이기 어려운 현실이고 팩트이다.

그렇다. 기업에서는 조금이라도 관련된 직무의 일을 경험했던 지원자를 최우선으로 채용대상으로 삼아야 한다. 그럴 수밖에 없다. 왜냐하면 그런 지원자가 입사를 하면 당장 입사와 동시에 업무 지시가 가능하고, 당장 현장 투입도 가능하기 때문에 마다할 이유가 없는 것이다. 신입사원을 기업에서 채용한다는 것은 인력구조의 선순환 차원에서 오래된 직원을 새로운 직원으로 대체하는 과정이라고 할 수 있다. 그렇다면 갓 입사한 신입직원에게 너무 많은 시간을 할애해서 가르치고 할 시간적 여유는 없다고 봐야 한다. 누가 좋아하겠는가. 하나부터 열까지 다 가르쳐야 한다면, 누가 그 지원자를 채용하고 싶겠냐는 것이다. 사람의 마음은 다 똑 같은 것이다. 갓 입사한 신입 직원이 업무에 임하는 순간, 업무적인 말귀를 잘 알아들을수록 업무효율이 높아지는 것인 만큼 채용 기준이 직무관련 경력일 수밖에 없는 것이다.

내가 지원했을 때, 상대평가로 최소한 직무관련 준비가 되어 있다는 사실을 전제로 10명 정도의 지원자를 뒤로해야 내가 선택받을 수 있는 것이 현실이다. 그렇다면 그중에 직무와 관련된 경력이 있는 지원자가 1명이라도 있으면 나는 경쟁에서 떨어지고 마는 것이다. 생각만 해도 답답한 노릇이 아니겠는가. 그렇다고 모든 지원자가 관련된 직무를 다 경험하기 위해서 작은 기업이라도 입사해서 1, 2년 그 직무를 해보고 다시 지원할 수는 없는 것 아니겠는가.

그러한 것은 중소기업에도 불행인 일이고, 지금도 현실로 중소기업이 겪고 있는 구인난의 실체인 것이다. 나는 그런 목적으로 중소기업에 입사했다가 그 기업의 오너와 뜻이 맞고 본인의 역할에 만족하여 그 중소기업에 뿌리를 내리는 경우를 수도 없이 많이 보았기에, 잠시 몸담았다가 직무 경력만 쌓고 빠져나가는 경우에 대한 걱정은 다음으로 미루기로 하자.

그럼, 취업에 있어서 최고의 경쟁력이라는 직무관련 경력을 만들 수 있는 방법은 무엇일까를 생각한다면 지금부터 무엇을 해야 할지 분명하지 않은가.

두 가지의 결정을 해야 한다.

첫 번째는 위에서 자세히 언급했듯이, 작은 기업이라도 내가 설정한 직무를 직접 필드에서 해보는 것이다. 그것 또한 결심이 필요하다.

우회로 공채를 준비하라는 말이 많이 있지만, 그건 본인의 분명한 Job Road Map이 설정된 경우에만 적용이 가능하다. 학교에서 몇 단계 상향된 학교와 학과에 편입학을 준비하는 경우를 생각해보라. 분명한 목표가 설정되었기에 그 힘든 편입을 하는 것이 아닌가. 하물며 우회로 내 몸값을 올리는 일인데, 그게 쉬울 수 있겠는가.

우선적으로 본인의 진로 로드맵을 만들어 놓고 그에 따른 계획하에 중고 신입도 준비해야 함을 명심해야 한다.

그러면 그런 우회 방법이 아니라 졸업과 동시에 취업하는 그 수많은 합격자는 뭐냐는 질문이 나올 수밖에 없다. 그렇다. 꼭 직접 직무관련으로 일을 해보는 것만이 방법은 아닌 것이다. 채용하는 기업에서 모든 신입직원을 그런 중고 신입으로 대체할 수는 없는 것이다. 순수혈통 학교를 갓 졸업한 지원자를 채용해야만 한다.

그럴 때 기업은 어떤 기준으로 채용을 할까?

언급했듯이 지원하는 직무 자체에 관심이 있었는지 확인한다. 전공 선택 이유부터 해서 다전공 선택, 수강했던 교과목, 활동했던 수많은 팀플 및 대외활동, 알바, 국내외 연수 등등을 통해 정말 지원 직무에 대해 관심이 있는지를 확인하고 검증한다.

실제 기업 경력이 없으면 다양한 경험으로 그 경력을 대체할 수밖에 없다. 본인의 경험들을 어떤 식으로든 누가 들어도 인정이 가능하게끔 직무와 연관시켜서 직무 역량과 매칭을 시켜야 한다는 것이 그 이유이다. 그래서 저학년 때는 용돈 벌이를 목적으로 하는 아르바이트를 해도 상관없지만, 고학년 때부터는 어디든 정상 출근, 정상 퇴근으로 움직이는 크고 작은 조직에서 허드렛일이라도 하는 것이 취업에서는 중요하다는 것을 강조하곤 한다. 왜냐하면 조직에 속해 보았다는 것은 단순히 출퇴근 지옥을 경험해 보았다는 것만으로도 의미가 있고, 어깨너머로 보고 들었던 수많은 상황 상황들이 결국에는 회사업무를 하는 데 크고 작은 도움이 된다고 여기기 때문이다.

결론적으로 나는 선의의 경쟁으로 누군가와 상대평가를 받아야 한다. 그때 나는 무언가 싸움에 유리한 나만의 무기가 있어야 한다. 학교생활은 그 무기를 만들어가는 과정인 만큼 지금 이 시간 이후로 행하는 모든 행동과 상황들이 본인의 직무경쟁력이 될 수 있도록 순간순간을 정리하고, 쉬고 노는 것도 사람들 속에서 함께 호흡하고, 모든 것을 계획하에 이 상황은 내 직무 강점의 무엇과 연관이 된다는 식으로 생각들을 정리해 보는 습관을 가져보자.

내게 없는 것을 두고
고민할 필요는 없어

가장 무의미한 걱정은 내가 현재 가지고 있지 않고, 앞으로도 졸업할 때까지 내가 가질 수 없는 재능에 대한 헛된 걱정이다. 내가 가지고 있고, 내가 가질 수 있는 재능 중에 남과 비교하지 말고 오로지 본인에게 집중해서 내가 가장 잘할 수 있는 일을 찾는 과정이 진로 결정의 기본이 되어야 한다.

재능이 없는 부분은 버리고
선택과 집중 해야

살면서 인정하고 싶지 않은 것이 있다. 정말 생각만 해도 나를 좌절시키는 것들이 있다는 것이다.

"저 사람은 열심히 하지도 않은 것 같은데, 시험만 보면 성적이 잘 나와."

"저 사람은 언어 습득 능력이 특출나네."

"아니, 어떻게 저렇게 숫자를 잘 기억하지."

"말을 특출 나게 잘하거나 외모도 잘난 것은 아닌데, 저 사람은 사람을 설득하는 능력이 정말 탁월하네." 등등

나는 이 모든 능력이 어느 정도는 타고난 것이라고 생각하는 사

람이다. 물론 후천적으로 각고의 노력으로 이런 모든 것을 극복한 사례는 너무도 많다. 하지만 상대적으로 적은 시간을 들여서도 언어, 숫자, 영업 등이 가능한 사람들이 분명히 존재한다면, 그건 좌절할 것이 아니라 일단 인정이라는 것을 해야 한다. 그렇다고 그런 부류의 타고난 사람들이 모든 능력을 다 가지고 있을 수는 없기에, 나도 분명 타고난 재능을 가진 사람들보다 잘할 수 있는 일이 있다는 사실을 인지하고 생각을 시작해보자.

0.1%의 천재가 세상을 이끌어 간다는 말들을 하지만, 우리는 평범한 사람으로서 조금은 타고난 부분이 있다고 한다면 그 부분에 있어서는 충분히 타고난 능력을 가진 이들과 경쟁이 가능하다. 그러기 위해서라도 다시 나오는 얘기, '선택과 집중'이라는 것을 해야 한다. 남들이 하니까 나도 해야 한다는 생각부터 버려야 한다는 것이다.

주위에서 가장 많이 듣는 얘기가 있다.

"토익은 최소한 900점 이상은 받아야 하고, 현지인 수준의 회화 능력도 필수."

"제2외국어 한두 개는 해야지."

"인턴경험은 무조건 2개 이상 있어야 한다."

"해외 어학연수 정도는 갔다 와야지."

"0000, 이런 자격증은 필수야."

"컴퓨터 활용능력 자격증은 완전 필수지." 등.

모두가 다 이럴 수는 없는 것 아닌가. 그리고 여기에서 채용하는 기업이 필수로 하는 지원 자격, 특히 우대사항(Job Description)에 적시한 내용이 있기는 한 건가, 생각해보자.

거기에 가장 중요한 체크포인트는 지금 이런 많은 것들이 내가 지원하고자 하는 직무와 연관이라는 것이 있는지에 대한 건이다. 직무연관성을 적시하지 못하고, 제대로 전달하지 못하면 그 많은 시간을 투자해서 얻어낸 결과들이 도리어 평가의 마이너스가 된다는 사실을 알아야 한다. 선택과 집중이라는 것이 바로 이런 것이다.

직무를 스스로 고민에 고민을 해서 정했다면, 모든 선택의 기준은 직무 연관성이어야 한다는 사실이다. 그래서 모든 것을 다 갖추어야 한다는 사실에서 해방되어야 한다. 버릴 줄 알아야 한다는 것이다. 세상에서 가장 어려운 일이 버리는 것이라고 했다. 그래서 "버리는 지혜"라는 유명한 말도 생긴 것이다. 버릴 줄 아는 사람이 최적의 결과를 도출해 낼 수 있다는 것에 주목해 봐야 한다. 버리는 것과 포기하는 것은 의미가 다르다. 포기하는 것은 내가 무엇을 해야 할지에 대한 고민부터 하지 않은 것이고, 그리고 진로 직무를 정하고도 선의의 경쟁인 채용과정에서 이기려고 최선을 다하지 않은 경우이니, 직무경쟁력을 최강의 My Job Item으로 만들어서 결국에는 목표를 달성하기 위한 선택과 집중 차원에서 버린다는 것은 그 자체로 의미가 있는 것이다. 열 가지를 두루두루 잘할 수는 없다. 열 가지 모두에 직무경쟁력을 확보하는 것은 불가능하다. 그러나 두세 가지의 나만의 직무 강점을 객관적인 고평가를 받을 수 있는 직무경쟁력으로 키워 내는 것이 집중의 힘인 것이다.

어제 못한 것을 후회할 시간에, 내일 할 것에 대한 막막하고 답답함을 호소하기 전에, 현재 뭔가 할 수 있는 것이 중요하다. 모두에게 같이 주어진 시간이 있다. 그 시간이 지금까지 어떻게 쓰여 왔었는지 그건 중요하지 않다. 지금 현재 본인이 가지고 있는 것 중에서 최선이라 할 수 있는 조금은 나은 나만의 직무 강점을 찾아 그것으로 승부를 걸어보면 된다. 내가 가장 잘할 수 있는 직무를 선택해서, 내가 현재 할 수 있는 모든 것들과 지금까지 해왔던 모든 것에서 직무연관성을 확보하고 집중하면 나는 경쟁에서 승리할 수 있다.

믿어라, 본인 자신을. 이 시간 이후 있는 그대로의 모습 으로서의 본인을 믿어보자.

"평범한 것을 제대로 할 수 있는 것이 특별한 것이다."

이 말의 의미는 누구나 특별할 필요는 없다는 것이다.

지금 있는 그대로의 자기자신을 믿어도 되는 이유이기도 하다.

그만큼 평상시에 평범하게 진행되는 일을 완벽하게 제대로 할 수 있는 사람이 드물다는 방증이므로 주위를 의식하면서 그들과 비교하면서 먼저 절망하거나 고민하는 것은 이제 과감하게 버려 보기로 하자.

그럼에도 불구하고
버리고 남은 것 중 내 경쟁력은 있어

그 중에 조금이라도 나은 것. 나만의 직무경쟁력을 확보하기 위하여 직무와 상관없는 것을 하나하나 버려 보자는 제안을 했다. 외국어도 버리고, 컴퓨터 활용능력도 버리고, 자격증도 버리고 등등. "그럼, 남아 있는 것이 없잖아요."라고 생각할 수 있다. 하지만 다시 한번 스스로를 있는 그대로 진솔하게 상담해 보라.

다 버린 것 같아도 버린 것을 보충하기 위해 투자해야 할 그 시간에 내가 집중할 수 있는 것들이 분명히 한두 개는 남아 있다. 그것이 성격적인 것이든, 기획력이든, 영업력이든, 문서작성 능력이든, 무엇이 되었든 간에 그 남아 있는 것을 가지고 새롭게 구체적인 계획을 수립하고 새롭게 시작하면 되는 것이다.

중요한 것은 직무 연관성이 적은 것부터 버리고 나서 남아 있는 것에 집중하다 보면, 자연스럽게 본인의 직무경쟁력은 차곡차곡 그 커리어가 쌓이게 되어 있고, 그 쌓인 커리어가 본인의 Job Item이 되어 결국에는 취업을 스스로 쟁취할 수 있게 된다. 두려워하지 말고 버리고 버려서 최종으로 남아 있는 본인의 강점을 직무와 연관시켜 직무 강점으로 만드는 작업에 주력해 보자.

나에게도 잘할 수 있는 것이 있다는 믿음. 모든 것은 그 믿음에서 시작될 것이며, 그 믿음은 스스로를 지탱해 주고 경쟁에서 이길 수 있는 원동력이 되어 줄 것이다.

버리는 것 자체에 대해서 두려움을 가지고 있는 것은 당연하다. 지금도 가지고 있는 경쟁력이 없어 보이는데 버리기까지 해야한다면 누가 쉽게 버릴 수 있겠는가.

하지만 버리지 않으면 실질적으로 본인만의 강점을 찾을 수도 없고 선택도 할 수 없으니 충분히 집중하면서 본인의 직무경쟁력을 만들어 낼 수 없는 것이니 주저하지 말고 아니라고 판단되는 것은 포기가 아닌 선택의 차원에서 버려야 한다.

주위의 컨설팅은 조언일 뿐, 결국에는 본인 스스로 결정해야

취업을 준비하는 과정은 뜬구름일 경우가 허다하다. 그 뜬구름 같은 실체가 없어 보이는 그 준비과정으로 많은 학생들이 힘들어한다. 답답해하고 막막해한다. 그래서 더더욱 주위에서는 이래야한다, 저래야 한다 등 각양각색의 취업준비 관련 훈수를 두는 사람들이 참 많다. 그런 얘기를 하는 사람들 모두 본인들이 취업전문가인양 많은 얘기들을 쏟아낸다. 하지만 설사 누군가는 그런 방식으로, 그런 훈수내용대로 취업에 성공한 경우가 있을지라도 확실한 것은 그건 그 사람 얘기일 뿐이라는 것이다. 취업에 정도는 없다. 정답도 없다.

상대적으로 나와 같은 시기에 자소서를 제출하고, 특히 나와 함께 면접을 보게 되는 지원자의 성향과 수준에 따라 취업의 당락이 좌우되는 것은 분명히 운이 일부 작용할 수는 있다지만, 그건 우리가 감안해야 할 정도는 아니다. 본인의 진로와 직무를 일찍 확고한 검증으로 확정하고 나서 모든 학교생활, 본인의 경험, 경력 등 해당 직무경쟁력 확보에 주력한 사람이라면 그게 취업을 좌우하는 하나된 요소인 것이다.

그렇기 때문에 결국 취업 성패를 좌우하는 것은 진로 직무설정에 있다고 할 수 있다. 그 직무설정을 위한 내가 가장 잘할 수 있는 직무를 찾으려면 일단 주위의 다양한 컨설턴트의 지원을 활용할 필요가 있다. 그리고 현직자의 경험들도 직간접적으로 접해 보아야 한다. 하지만 본인들과 마주하는 컨설턴트의 얘기는 모두 다르다. 같은 경우는 거의 없다고 해도 과언이 아니다. 현직자의 직무이야기를 통해 얻게 되는 본인의 생각도 상대적인 것이다. 결국 최종 결정을 하는 주체는 본인이다. 대신 다양한 진로설정 컨설팅은 꼭 필요하다. 모두가 전혀 다른 얘기를 해주지만, 그 자체가 본인들에게는 참고가 될 만한 얘기들이다. 참고는 하되, 최종 결정권자는 본인이라는 하나된 대전제만 깔아 놓는다면, 주위의 컨설팅은 나에게는 충분한 가이드라인을 만들어 주는 소중한 기회가 될 것이다.

주위의 컨설팅 외에도 본인 스스로 주위를 둘러보고 나도 저래야 하나 하며, 스스로에게 의미 없는 시도를 하라고 종용하게 되는 경우도 자주 있다. 그것은 스스로에게 자신이 없기 때문이다. 스스로 본인의 진로 직무를 못 찾다 보니 그 답답함에 의미 없는 시도를 하도록 스스로를 이끄는 경우가 생기는 것이다. 이런 경우를 단순히 수동적인 본인의 성격 때문이라고 치부할 필요는 없다. 이런 경우에도 일단 먼저 주위의 도움을 다양하게 받아볼 것을 권한다. 결코 시간 낭비는 아닐 것이다. 컨설팅을 받아보는 그 자체로 본인의 생각을 정리할 수 있고, 본인의 진로를 결정하는 데 도움을 받을 수 있으므로 다리품을 팔아 여기저기 컨설팅을 받아볼 것을 권한다.

혼자서 아무리 많은 시간을 고민해도 항상 제자리임을 인정하고 일단 학교에 있는 진로취업 컨설턴트들, 다양한 사이트에 있는 현직자의 얘기들, 그리고 졸업한 선배들을 찾아다니면서 현실적인 조언을 듣게 되면, 결국 최종 결정권자는 본인이지만 합리적인 진로 결정을 하는 데 있어서 충분한 서포트는 받을 수 있을 것이다. 주위의 다양한 컨설팅은 조언이라는 것, 참고사항 이라는 것, 그 대전제를 가지고 지금 당장 주위의 컨설팅을 받아보자.

나 자신에 대해서 아는 건 결국에는 본인이라는 것에서 모든 것은 시작되어야 한다.

이 시험이 내 성향으로 준비가 가능하지?

준비를 한다면 나는 어느 정도의 시간이 필요한지?

부모님도 모르고 친구들도 모르지만 본인은 인정하고 싶지 않아서 그렇지 그리고 뭔가를 눈에 보이게 준비하면 그 자체로 그 누구의 터치도 안받을 수 있어서 피하고 싶은 마음에서 그렇지 나는 아는 것 아닌가?

우리 내가 아는 내 모습 그것부터 찾아보자. 그리고는 주위의 모든 도움을 받아보자. 그러면 가장 객관적으로 선택이라는 것을 할 수 있게 될 것이고 그 선택은 결국에 내 진로(직무)가 될 수 있을 것이다.

이제부터 나는 내 자신의 본 모습을 인정해 보기로 하자.

누가 대신 살아주나,
결국에는 내 인생인데

"내가 얼마를 살았다고 진로가이드를 해준다는 이 책에서 조차 인생 운운하는 얘기를 들어야 하지."라는 생각을 할 수도 있다. 인생이라는 단어를 접하게 되면 너무 거창해 보이기도 하고, 나는 살아지는 대로 그냥 내 인생 살아갈 것이라고 할지도 모른다. 인생을 사는 데 정답은 없으니까, 본인이 생각하는 대로 알아서 살면 되는데, 취업이라는 공동의 목표를 놓고 본다면 결국에는 경쟁이라는 것을 할 수밖에 없는 구조이다 보니 혼란스러운 상황이 생기게 된다.

그런데 직장생활은 누가 대신해 줄 수 있는 게 아니지 않는가. 인생이라는 철학적인 측면이 아닌, 직장이라는 것은 극히 현실적인 측면이기 때문에, 직장생활은 결국 내가 할 수밖에 없는 것이라는 것. 그 작은 팩트에 우선 공감을 하면서, 직장에서 내가 앞으로 할 일, 그 진로 직무를 '현실적인 인생'이라고 이름 붙여보고자 한다. 현실적인 인생은 결국 본인의 사회생활 거의 전부라고 할 수 있는데, 그 인생 동안 나는 무엇을 하면서 살아야 한다는 것인가.

다시 원점으로 돌아온 기분이 들지 모르지만, 내가 가지고 있는 것 중에서 나의 강점을 찾고, 그 강점을 가지고 가장 잘할 수 있는 직무를 정한 후 해당 직무의 업무내용과 직무역량을 파악하고, 결국엔 나의 강점이 직무역량과 매칭이 되는 나만의 직무 강점으로 만드는 과정, 그래서 My Job Item이 설정되는 그 과정이 현실적인 인생, 직장생활이라면 그 또한 내 인생이니, 내 스스로 결정하고 그 결정 속에서 나는 평생을 살아가야 하는 것이다.

스스로 치열하게 고민하고, 스스로 결정하고, 스스로 책임지는 현실적인 인생, 그 직장생활을 어떤 직무로 할 것인지의 결정은 순전히 본인 자신의 몫임을 다시 한번 상기시켜 본다.

스스로 결정이라는 것을 하는 것이 성격의 문제는 결코 아니다.
"나는 원래 이런 사람이야" 하면서 피해갈 수 없다는 것이다. 원래 그런 사람은 없다. 스스로 인정하고 싶지 않기 때문에 만들어지는 생각이기 때문이다. 그러므로 피해갈 생각하지 말고 있는 그대로의 내 모습을 받아들이고 있는 그대로의 내 모습을 직면하고 그 속에서 내 인생을 찾아봐야 한다.

그 시작이 진로(직무) 설정이고 그 설정에 필요한 것이 My Job Item을 찾아내는 과정이 될 것이다.

서울대는 지원 못하면서
삼성, 네이버는 왜 지원하나

현재의 나로 시작해야 진로 직무를 찾을 수 있는 것.

공평한 경쟁은 각자의 직무 설정 과정과 직무경쟁력으로 평가되므로

승부가 가능한 본인만의 직무 강점에 집중해야.

입시는 지원 가능한 대학과 학과가 분명한데,
취업은 왜 불분명한가

이 책을 쓰게 된 계기가 여기에 있다.

"Where is No, What is Yes."

어디에서 일하는 것이 아닌, 무슨 일을 하느냐가 중요하다는 제목이 정해진 계기와 과정은 이렇다. 20년간 채용관련 일을 직장인으로, 사업가로 하면서도 궁금했던 것이 있다. "이 지원자는 도대체 왜 지원을 한 것일까?"에 대한 근본적인 의문이 들면서 다음 중에 한 가지라도 자소서와 면접답변에서 보여주지 못하고 검증되지 않으면 바로 불합격 처리했었다.

"지원한 직무에 관심이 있어 보이지 않는다."

"지원한 직무의 업무내용조차 모르고 있다."

"해당 직무에 필요한 직무 역량에 대해서 전혀 인지하지 못하고 있다."

"해당 직무를 선택한 확고한 이유와 계기가 없어 보인다."

"지원자의 직무경쟁력이 무엇인지 명확하지 않다."

"지원자의 강점이 직무와 매칭되는지 모르겠다."

그리고 대학에서 10년간 학생들을 만나면서 궁금한 것이 생겼다. "이 학교에 왜 왔냐?"고 물어보면, 대부분의 학생들이 성적에 맞춰 학교와 전공을 선택했다고 대답한다. 그래서 더 궁금해졌다.

학생들이 학교와 학과는 성적에 맞춰 정하면서, 그리고 현재 본인이 지원 가능한 학교와 학과를 명확하게 정하면서, 왜 취업할 때는 그 기준이 없어지는 걸까?

물론 진학 문제는 공무원 등과 같이 시험성적에 의해서 평가되기 때문에, 너무도 명확한 수준이 있어서 그럴 수도 있다고 생각하는데, 취업은 그런 것이 보이지 않기 때문일까? 아니면 보고 싶지 않고 인정하고 싶지 않기 때문일까?

하지만 이제는 학생들이 왜 취업지원에 있어서는 무조건 대기업을 선호하는지, 그리고 지원을 하는지 알 것 같다. 그건 사회적인 통념상 어디에서 일하는 것이 맹목적이지만, 너무도 중요하게 여겨지기 때문이다. 다시 말하면 이름만 얘기해도 알 만한 기업에서 일하는 것이 최종 목표일 수밖에 없는 사회적인 인식, 그리고 본인 자신도 그렇게 생각할 수밖에 없는 선배들과 동기생들이 취업한 기업들 중에 대기업이 존재하기 때문에, 그런 대기업의 그림자를 도저히 잊을 수가 없게 된다는 것을 알게 되었고, 그래서 인정하게 되었다.

이 책을 쓰기 시작한 것도 바로 그것 때문이었다. 주위에서 그런 대기업에 취업을 한 것을 보고 혹하는 것은 "Where is No" 어디에서 일하는 것이 무슨 의미가 있는 걸까? 하고 의문을 스스로 제기해 보지 못한 결과물이다. 그래서 이 책을 통해서 그런 취업시장의 왜곡된 전반적 분위기를 타파하고 싶어서였다.

그래서 나는 대학을 결정할 때는 아직 사회생활을 전제로 진로를 정하지 않은 상태에서의 결정이므로, 성적에 맞춰 대학을 먼저 정하고 전공을 선택할 수밖에 없지만, 사회생활을 위한 진로 직무의 결정은 그와는 반대로 단순히 소위 스펙이라고 하는 것에 좌우되지 말아야 한다고 강변하고 싶은 것이다.

취업이라는 것은 30년 넘게 내가 직접 내 분신과도 같이 한 몸으로 움직이면서 살아야 하는 생활 그 자체이니, 직무부터 정하고 기업을 선택해야 한다는 확신을 가지게 된 것이다. 그래서 나온 말이 "What is Yes"라는 것이다. 30년 이상 일을 해야 하는데, 어떤 일을 하는 것이 중요한 거 아니겠냐고 말이다.

학교에서의 공부는 내 사회생활, 내 현실적인 인생을 위한 준비

과정이라고 생각한다. 학교는 배우는 곳이지 직업훈련소가 아니라는 말에도 동의하지만, 결론적으로 학교는 내가 가장 잘할 수 있는 일, 즉 그 직무를 찾아주고, 그 직무를 할 수 있는 최소한의 이론적이고 Skill적인 뒷받침을 해주는 곳인 것이다.

이제 학생들도 인정해야 한다. 학교를 결정하고 전공을 선택한 것은 현실적으로 가능 한 것이었지만, 직장은 직무를 먼저 정하고 좋아하는 업종에서 그 업종에 있는 기업을 선택하는 형식으로 근본적으로 바뀌어야 함을 받아들여야 한다.

이성 간의 만남에서도 외모냐 마음이냐 하는 경우, 그 기준은 다를 수 있다. 인정하지만 같이 평생을 산다면 외모보다는 마음이지 않을까? 개인적인 사견이지만⋯.

취업도 마찬가지이다 당장의 근무조건으로 통장에 매월 찍히는 금액, 근무환경, 사회적인 인식 등을 취업의 선택기준으로 했을 때, 5년 이상을 지속하기 어렵다는 것을 주위에서 많이 보게 된다. 내가 원하는 직무를 대기업에서 할 수 있다면 하면 된다. 그게 문제가 아니고 당장은 지원이 어려운 지원자까지 오로지 기업의 외적인 것만 가지고 수도 없이 지원을 한다면, 그건 말리고 싶다. 평생을 함께하려면 겉으로 보이는 모습보다는 마음을 봐야 하듯이, 평생을 해야 하는 일이라면 기업보다는 직무를 보고 결정해야 하지 않겠는가.

직진이 아니면 우회로도 있으니
현실을 인정하자

같은 일을 하더라도 본인이 잘할 수 있는 직무를 하는 것이라면, 조금이라도 근무조건이 좋은 기업에서 하는 게 당연히 맞는 말이다. 그렇다면 이제부터는 목표를 대기업으로 정했다면, 본인이 하고 싶은 직무도 정했다면, 현실적인 가능성에 대해서 스스로 분석해 보기로 한다.

본인이 가장 잘할 수 있는 진로로 직무를 결정한 후에는 관련 직무에 대한 분석을 철저하게 하면서 해당 직무의 현직자들에게서 다양한 현장의 상황을 파악하고, 취업선배들을 통해서 직무에 대한 이해도 넓히면서 취업준비에 집중하면 된다.

하지만 취업을 준비하는 모든 지원자가 졸업과 동시에 한 번에 원하는 기업에 입사하는 것은 불가능하다. 현재까지 본인이 준비해온 정도와 본인의 직무 강점이 지원 기업의 채용 기준에 적절한 수준인지 검증되어야 가능한 일이다. 검증결과 당장의 지원에 한계가 있다는 판단이 들었을 때 무리하게 재수, 삼수를 거치더라도 취업을 고집할 이유는 없다. 여기에서 우리가 생각해봐야 하는 것은 해당 직무로의 나중 5년, 10년, 20년 후 모습일 것이다.

기업에서 경력직을 채용하는 데 있어서 어떤 조건으로 경력직을 채용하는지에 대한 분석은 직무를 최종 결정함에 있어서 중요한 체크포인트가 된다. 기업의 채용공고를 살펴보면 경력직 지원자격, 특히 필수적인 지원 자격인 Job Description이 적시된다. Job Description은 구체적인 경력직의 경력사항이나 Skill적인 능력을 제시하기 때문에, 본인의 향후 해당 직무시장에서의 위치를 감안한다면 직시해야 하는 것들이다.

그렇다면 여기에서 신입사원 때부터 큰물에서 놀아야 한다는 강박관념으로 시간을 허비하거나 정신적, 육체적으로 고통을 받지 말고 해당 직무로 현장경험을 쌓은 후 우회해서 입성하는 방법도 고려해 볼 필요가 있다는 것이다. 우회의 방법은 다양하다. 해당 직무로 중소기업이나 벤처기업, 스타트업 기업이나 개인사업자에게서 일을 충분히 배워보는 방법이 첫 번째이고, 해당 직무관련 전문 자격증을 취득하거나 전문교육프로그램을 이수하는 방법이 두 번째이고, 비정규직으로 대기업에 근무를 해보는 방법이 세 번째 방법이다. 어떤 방법을 선택하든 앞뒤없이 무모한 직진만이 방법이 아니라는 것, 우회할 수도 있다는 것을 받아들였으면 한다.

1,2년 우회한다고 30년 이상의 사회생활이라는 대세에는 아무런 지장이 되지 않는다는 것이 정설이고 팩트라면 지금이 직진을 할 시점인지 우회를 하는 것이 중장기적으로 경쟁력을 확보할 수 있는 것인지에 대한 현실적인 판단을 해보자고 제안해 본다.

Where에 집착하는 건 무의미,
평생 일인데 What에 집중해야

　회사를 선택하는 기준에는 크게 두 가지 방법이 있다. 첫 번째는 근무조건으로 선택하는 방법이고, 두 번째는 근무환경(WLB)으로 선택하는 방법이다.

　근무조건만을 보고 회사를 선택하면 최대 5년 이상을 갈 수 없다고 한다. 그렇다면 평생의 사회생활을 최소 30년으로 본다고 해도 25년 이상은 어떻게 버티면서 직장생활을 할 수 있겠는가. 근무조건을 보고 지원한다 해도 지원하는 직무가 본인이 잘할 수 있는 직무이고, 합격에 필요한 지원자격이 충분하다면 당연히 입사를 해야 한다. 하지만 하나는 상기시켜 주고 싶다. 근무조건이 높다는 것은 그만큼 일이 많다는 것을 의미한다. 일도 별로 없으면서 높은 연봉을 제시하는 정신 나간 기업은 없는 것이다. 소위 외국계 기업의 근무환경이 너무너무 좋다고 부러워하는데, 그곳도 나름의 아픔이 있는 것이기에, 지원하기에 앞서 그런 모든 것들이 받아들여진다는 전제를 가지고 지원해야 한다.

　"어떤 어려움인가요." "아픔이 뭘까요." "근무조건이 높으면 모든 것이 용서되는 것 아닌가요."라고 한다면 반복해서 강조하지만, 현직자의 진솔한 얘기를 들어볼 필요가 있다. 그래서 동교 졸업선배의 Job Path를 추적해서 만나볼 것을 권하는 이유가 여기에 있다.

최소한 동교 선배라면 있는 그대로의 장단점, 특히 어려움에 대해서, 적응하기 힘든 부분에 대해서 말해주기 때문이다. 물론 모든 것은 상대적이기 때문에 최종 판단은 본인 자신의 몫임은 당연하다.

그러면 다음 케이스를 보자. 거창하게 워라벨(Work & Balance)이라는 용어를 가져다 써보지만 최소한의 근무조건, 예를 들어 매월 세금을 제하고 월 200만 원 정도 통장에 입금되고 칼퇴근 보장, 휴가를 1주일 이상 붙여서 쓸 수 있고, 내가 잘할 수 있는 직무의 일이라면 회사규모, 근무조건은 상관없다는 부류의 취업준비생들이다.

이 경우에도 충분히 생각해봐야 한다. 인생을 살아가는 방식의 문제이기 때문에, 너무 치열하게 사는 것이 받아들여지지 않는다면 군이 근무 방식이 타이트할 수밖에 없는 대기업에 지원해야 할 이유가 없는 것이다.

이 책에서 강조하고 싶은 것은 천편일률적으로 어디에서 일하는 것, 즉 Where에 집착하는 것보다는 무슨 일을 할 것인가, 즉 What에 집중해서 취업을 준비해 보았으면 하는 바람에서 평생의 사회생활이 걸린 직업이라는 것을 상기시켜 보고자 함이다.

현실적으로 입사를 하게 되면.. 같은 사무실에 근무하는 동료, 상사에 대한 학교, 전공 등에 대한 이력은 개인적인 친분이 있기 전에는 알 수가 없다. 완전 Reset이라는 현실을 알고는 있자.

일자리가 없는 게 아니라
잘 수 있는 일을 못 찾은 것

활황을 누리는 업종이나 소위 잘 나가는 기업들도 구인난에 시달리고 있다고 한다. 채용을 크게 확대해야 하는데, Skill Gap으로 인하여 채용할 사람이 없다는 논리이다. Skill Gap이란 기업에서 원하는 인재와 학교에서 배출되는 졸업생 간의 간극을 얘기하는 것으로, 구직난에 허덕이면서도 채용을 못 하는 기업들의 어려움을 대변하는 말이다. 그 반면에 중소기업들은 365일 사람을 제대로 구하지 못하는 지원자 자체가 없어서 겪는 다른 의미의 구인난에 허덕이고 있다. 결론적으로 취업할 기업이 없어서 실업률이 높아지는 것이 아니라 본인이 잘할 수 있는 일을 찾지 못하기 때문에 취업을 할 수 없는 것이다.

사실을 있는 그대로 표현한다면, 취업을 못하는 것이 아니라 안하는 것이라는 표현이 맞을 것이다. 중소기업에는 갈 수 없다는 생각을 가지고 있는 파트, 또 하나는 내가 잘할 수 있는 일을 찾지 않은 채 어디든 갈 수는 있는데 오래 일하지 못하는 파트, 이렇게 나뉘어지는 것이다.

먼저 근무조건과 WLB에 대해서 언급했듯이, 근무조건을 우선시한다면 중소기업과 스타트업, 벤처기업은 갈 수가 없는 것이다. 그럼, 여기에서 근무조건이 양보할 수 없는 절대적인 기업 선택의 조건인 학생은 제외하고 생각해보기로 한다.

나는 어떤 일을 해야 할지 몰라서, 그래서 취업을 못 하고 있다는 경우에는 두말없이 중소기업에 취입힐 깃을 권한다. 일이란 것은 해보지 않고는 판단할 수 없는 영역이다. 그래서 현장이 답이라는 것이다.

아직 본인이 잘할 수 있는 직무를 찾지 못한 경우에는 "내가 도저히 할 수 없는 일이 무엇일까?"를 먼저 고려해 봐야 한다. 먼저 직무를 설정할 때는 사람을 직간접적으로 대하고 상대방을 설득해야 하는 영업관련 일을 할 수 있는지 없는지, 이 것부터 결정해야 한다. 가장 채용을 많이 하는 직무가 영업관련(영업/영업관리/마케팅/온라인마케팅/MD 등) 일이고, 이것에 대한 결정이 직무 선택의 출발점이다. 많이 뽑는 직무부터 고려해 봐야 하는 것은 당연한 수순이다. "MBTI가 지극히 I성향이라 저는 영업을 할 수가 없어요."라고 말하는 사람들이 많은데, 기업에서 채용하는 영업 직무는 맨땅에 헤딩하듯이 어디 가서 아는 지인을 통해 또는 불특정 대상에게 무조건 유무형의 상품을 팔아오라고 하는 경우는 거의 없다. 좀더 들여다보면 입사와 동시에 해당 업무에 필요한 교육을 시켜서 지역이나 관리대상을 인수인계 해주는 형식이니, 결국엔 영업이 아니라 영업관리라고 봐야 옳다. 그렇기 때문에 내성적인 사람도 사람을 대면해서 말조차 할 수 없는 수준이 아니라면 누구라도 좋아하는 업종에서 영업직무를 수행할 수 있는 것이다.

영업 직무에 지원이 가능한지를 체크하고 나서는 전공과 관련이 있거나 평상시 본인이 관심 있는 분야 업종의 채용공고를 살펴보면서, 지원자격과 우대사항을 하나하나 체크하고, 본인이 할 수 있는 직무인지를 확인하는 순서로 직무 설정을 시작하면 된다. 결국엔 일자리가 없는 것이 아니라 본인의 지원 범위에 중소기업, 스타트업, 벤처기업을 포함시키지 않았기 때문이라는 것을 전제로, 직무만 결정되면 정규직, 비정규직 가릴 것 없이 지원해 볼 것을 먼저 제안한다.

취업 준비는 뜬구름과도 같은 것이라고 했다. 그래도 뭔가는 해야 해서 영어학원, 컴퓨터학원에 다닌다는 학생들은 직무부터 설정하고, 취업포털 사이트에서 직무/지역/근무형태 등을 구체적으로 조건 검색하여 지원 가능한 기업을 찾은 다음, 최소한의 성의 표시로 기업에 대해서 구글링 등 검색을 해보고, 기업의 대표상품, 현재 현황, 혹시 있으면 임원 인터뷰 등을 통해 기업의 향후 비전을 공유해서 지원서를 작성한다(기존에 써놓았던 기본 자소서 그대로 손가락 운동하며 지원하려면 지원자체를 하지 않는 게 낫다.). 그리고 중소기업이라면 직무만 확고하게 정해서 서류를 제출하면, 최소한 3곳에 지원하면 1곳에서 인터뷰 면접이 진행되니, 시간 낭비라고 생각하지 말고 무조건 기업을 방문해서 인터뷰해 볼 것을 권한다. 그 과정이 취업 준비의 정석이고, 그런 과정을 겪으면서 기업을 선택하는 기준인 기업의 분위기 파악, 직무에 대한 현실적인 이해를 높일 수 있

는 기회이므로, 중소기업에 대한 취업 준비는 내가 잘할 수 있는 직무 설정 이후,

- 매일매일 지원가능 기업을 찾고

- 기업을 분석하고

- 지원서를 작성하고

- 작성된 지원서 첨삭 받고 수정하고

- 지원서 최대한 빠르게 제출하고

- 면접 요청이 들어오면 방문 인터뷰 진행하고

- 최종 결과에 대해서 입사/포기 결정하고

- 진행 과정을 피드백해 보고

이런 모든 지원 과정을 매일 반복하는 것이다.

그러면 처음 하루는 지원가능 기업을 찾고, 하루는 작성하고, 하루는 수정 보완하여 제출하고, 하루는 인터뷰를 보고, 이렇게 4일 정도의 사이클로 움직이지만, 지원을 계속하다 보면 4일이 3일이 되고, 3일이 2일로 줄어든다. 이렇게 2일에 한 군데 지원이 가능해지면 1주일 동안 3곳 정도의 기업에 지원을 하게 되고, 그중에 최소한 1곳의 기업과는 인터뷰를 진행할 수 있게 되니, 얼마나 바쁘게 하루하루가 지나갈 것인가, 상상해 보라.

지금 우리에게 필요한 것은 내가 가지고 있는 재능 중에 내가 가장 잘할 수 있는 직무를 찾아내서, 그 직무로 여기저기 실습하듯이

많이 지원하고, 인터뷰를 보러 다니면서 취업 준비에 대한 내공을 쌓고, 최종 단계에서 나에게 최적의 선택을 할 수 있는 나름의 기업 선택 가이드, 즉 기업평가 기준을 스스로 찾아가는 것이 중요하다.

중소기업의 취업을 위해 인터뷰 면접을 하러 간다는 의미는 기업의 선택을 받으러 가는 것이 50%이고, 그 기업이 근무할 만한 곳인지 면접관(임원 이상)을 통한 기업의 비전 확인, 근무하는 사람들을 통한 근무환경 및 분위기 확인, 향후 본인이 지원한 직무범위 등의 개인적인 판단이 50%임을 명심해야 한다.

채용과정이라는 것은 100% 기업의 선택에 의해 이루어지는 것이 아닌, 채용하는 기업과 지원하는 지원자 상호 간에 50%씩의 선택권이 있다는 것을 확실하게 인지하고 있어야 한다. 그러므로 지원자의 결정권이 학생들에게는 더 중요하므로 자신감을 가지고 물어볼 것은 물어보고, 명확하게 근무조건 등에 대해서 확인하는 것은 지원자의 권리인 것이다. 일부 지원학생들이 연봉에 대해서, 직원 복지에 대해서 물어보는 것이 눈치가 보인다는 반응이 있는데, 그건 지원자의 명확한 권리이고, 이런 질문에 민감한 반응을 보이는 기업이라면 절대 멀리해야 하는 기업인 것이다.

지원자의 당연한 권리인 근무 조건에 대한 기본적이면서도 구체적인 질문(연봉, 근무시간, 식대, 휴가 등)을 피하거나 그런 질문을 하는 지원자의 성격 등을 나쁘게 받아들이는 기업이라면 구지 내가 몸담고 함께 해야할 이유가 없는 기업으로 입사하면 1주일 전에 다 알게 될 수 밖에 없는 사실적인 문제를 숨기려 한다면 그건 지원자로서 당당하게 거부해야 한다. 아무리 취업이 아쉬워도 그런 기업에서는 몇 개월 버틸 수 없음이기 때문이다. 아닌 건 아닌 거니까.

관련 경력 1년이면
학교 레벨이 최소한 2단계 이상 올라간다

본인에게 학교의 의미는 무엇인가에 대해 생각해본 적이 있는가?

내가 몸담고 졸업한 학교는 본인의 선택이고, 평생을 안고 가야 할 흔적인 것이다. 나쁘게 말하면 주홍글씨가 될 수도 있는 팩트라서, 흔히 얘기하는 학력 세탁은 눈 가리고 아웅이라는 것, 발버둥 쳐도 부질없다는 것을 먼저 얘기해 둔다.

그러나 진로를 고민하는 학생들에게 희소식이라면 희소식인 것이 학교에 대한, 전공에 대한, 학점에 대한 기업의 평가 비중이 점점 낮아지고 있다는 것이다. 물론 평가 기준에서 학교가 차지하는 비중이 낮아지는 것이 속상한 학생들도 있겠지만, 그만큼 이제 채용을 하는 기업의 입장에서는 학교레벨보다는, 전공보다는, 학점보다는, 어학성적보다는 지원하는 지원자 개인에게 좀더 집중해 보고 파헤쳐 보고자 하는 현실적인 의미가 생겼다고 하는 편이 맞을 것이다.

신입사원에 대한 기대 자체가 거의 없는 것이 기업의 입장이다 보니, 아무리 스펙이 좋은 지원자라도 직무에 대한 관심도와 근속기간에 대한 확신이 없으면 채용할 수가 없는 것이 현실이다. 최소한 입사 후 2년은 지나야 스스로 기획하고, 선택하고, 업무를 자율적으로 할 수 있게 되는데, 2년 정도의 시간이면 최소한의 직무 지식이 있는 지원자일 경우 그 인성과 업무스타일, 그리고 조직과 사람과 업무에 대한 적응력으로 채용을 결정하게 된다.

그렇다면 지금부터 진로를 결정해야 하는 학생입장에서는 모든 것이 열려 있는 기회일 수도 있는 것이다. 기업의 입장에서 직무별 경력과 경험을 중요하게 평가하려고 하는 것은 그만큼 신입사원에게 기대를 하고 있지 않기 때문에, 직무와 관련하여 어디선가 직접 일을 몇 개월이고, 몇 년이고 해본 다음 다시 신입사원으로 지원을 해주는 지원자가 가장 고마운 은인과도 같은 존재인 것이다. 직무에 대한 이해도가 높고, 조직이라는 곳의 생리를 경험했고, 하다못해 출퇴근의 고통도 겪어 보았다는데, 그것이 기업의 입장에서는 얼마나 고마운 일인가. 신입사원으로 입사하면 하나하나 체크하고, 인수인계하고, 다 가르쳐야 하는데, 그 과정을 거치지 않아도 일을 할 수 있다는 것 자체로 기업에서는 환영할 수밖에 없는 것이다.

그래서 나온 평가기준이 지원하는 관련 직무로 정상적인 근무(정규지/비정규직 구분없이 am9 to pm6)를 하였을 경우, 기업의 규모와 상관없이 1년의 경력이 있으면 학교 레벨이 최소한 2단계 이상 올라가고, 그 경력이 2년이면 최고 학벌이라 인정받는 학교의 지원자와도 동등한 입장에서 경쟁이 가능하고, 도리어 더 유리하다는 것이 정설이 된 지 오래이다. 이 얼마나 좋은 기회인가. 졸업을 하고 30년 이상 사회생활을 해야 하는데, 1, 2년 정도 조금 늦게 시작한다고 해서 손해 볼 일은 없는 거 아니겠는가.

현재 본인의 학교, 전공, 학점 등으로 고민하고 있는 학생이라면 기회는 분명히 온다. 실제 기업의 평가기준이 지원자격에 별도의 지원 제약조건을 두지 않고 전공 불문 등으로 바뀌면서 점점 능력위주로, 그것도 직무에 진심인 지원자 중심으로 바뀌고 있다는 사실에 새로운 가능성을 찾을 수 있을 것이다. 철없을 때 정해진 학교, 전공으로 인해서 현재 본인이 잘할 수 있는 직무를 찾았는데도 불구하고 망설이거나 좌절하고 있다면, 학교보다는 직무관련 경력이라는 평가기준에 새롭게 중장기적인 본인만의 진로 그림을 그려서 희망을 가지고 재도전해 볼 것을 권해 본다.

직장생활 2년이면 진학보다 더한
인생의 새로운 Jump 기회 부여

내가 지금 다니고 있는 학교가 고등학교인지, 전문대인지, 대학교인지, 수도권인지, 지방인지, 대학원인지는 단언컨대 중요하지 않다.

내가 잘할 수 있는 진로 직무를 찾을 때까지는 정말 치열하게 고민하고, 상담 받고, 현직자의 얘기를 들어보게 된다. 이러한 과정을 거쳐 최종적으로 직무를 결정한 다음에는 현재 지원 가능한 기업을 찾아서 직무 경력을 착실하게 차곡차곡 쌓아 놓으면 직무 시작만 2년이 되는 시점, 다시 말해 3년 차로 접어드는 시점에 놀라운 기회가 찾아온다. 비록 성적과 환경때문에 내가 원하는 학교에 가지 못했지만, 그런 눈에 보이는 모든 일반적인 스펙이 무색하게 직무 경력 만 2년 차에 새로운 Jump 기회가 부여된다.

채용기업에서 인정하는 채용 자격인 직무 경력이 가지고 있는 힘이 바로 그것이다. 기업은 만 2년간 쌓아온 그 직무 경력에 투자를 하게 된다. 그 투자 방법은 2가지 형태로 진행된다. 하나는 2년의 경력자로 경력 채용을 하는 것이고, 또 하나는 2년의 경력을 가진 중고 신입(Old Rookie)으로 채용하는 방식이다. 둘 다 기업에서는 의미가 있는 것이지만, 지원하는 지원자의 입장에서는 선택의 의미가 있는 것이다. 본인이 원하는 기업에 어떤 식으로 지원이 가능한

지, 어떤 지원 방식이 유리한지 스스로 고민하고 결정하면 되는 행복한 고민의 시작인 것이다.

생각만 해도 가슴이 떨리는 일이지 않은가. 내가 내 몸값을 책정할 수 있고, 내 의지로 지원방식까지 결정할 수 있다는 사실 말이다. 입시로 첫 번째 인생의 방향이 정해졌다면, 현실적으로 내 노력과 내 경력으로 인생의 두 번째 방향을 스스로 정할 수 있다는 그 떨림과 뿌듯함을 느껴보기 바란다. 만 2년의 직무 경력이 쌓이면 중고 신입의 길과 경력직으로의 이직, 두 가지 선택의 고민이 생기게 된다. 그래도 행복한 고민이 아니겠는가.

인생의 두 번째 방향 설정은 직무 경력 만 2년 차라는 사실만으로 본인 스스로 인생을 새롭게 계획하고 준비할 수 있는 도약이 가능하다는 것, 그 자체로 의미가 있다고 하겠다.

어찌 보면 지금까지의 우리 인생에서 입시에서 겪었던 놓쳐버린 기회가 있다면 직무 경력 2년이라는 동등한 경쟁 기회를 우리 인생에서 부여 받을 수 있다는 것에 대해서 가슴이 떨리는 희망을 느껴보기 바란다. 그리고 누구에게나 치열하게 준비된 직무 경력이라는 강력한 My Job Item이 확보될 수 있는 기회가 열려있음을 감사한 마음으로 받아들이자.

매월 통장에 찍히는 금액이
내 인생을 행복하게 만들지는 않는다

직장생활은 금전적으로 보상받기 위해서, 그리고 그것을 바탕으로 가정생활, 사회생활, 노후준비를 하기 위한 것이라 할 수 있다. 그런 의미에서 근무조건, 특히 연봉은 중요한 취업의 조건일 수밖에 없다. 인정한다. 하지만 내가 잘할 수 있는 직무로 내가 관심이 있는 업종에서 일을 하는 것이 매월 일정한 날에 통장에 따박따박 찍히는 숫자에 좌우되어서야 되겠는가.

이제는 사회생활을 시작함에 있어서 행복이라는 것을 생각해봐야 한다. 사람마다 행복의 기준은 다르겠지만, 행복이라는 것도 진로를 고민하는 학생에게는 두 가지가 있다. 하나는 삶의 전체를 지배하는 행복의 기준일 것이고, 또 하나는 일에 대한 행복의 기준일 것이다.

일은 노동이고, 노동은 힘든 것으로, 자발적으로 행해지는 것이 아닌데 무슨 행복이냐고 말할 수도 있다. 하지만 세상을 살아가는 삶의 행복기준이야 스스로 마음이 가는 대로 생각하면 되지만, 일이란 그렇지 않다. 스스로의 노력으로 자신과의 상담을 통해서 어떤 일을 하면 내가 그래도 행복을 느끼게 되는지를 정할 수 있는 후천적인 것이기 때문이다. 진로 직무를 제대로 정하지 않으면 그 일 자체로 받게 되는 상상을 초월하는 일상의 스트레스에 시달리게 된다. 요즘 많이 거론되는 AI만 해도 그렇다. 우리는 생각할 줄 알고 행복이라는 것을 느낄 수 있는 인간인데, AI와 마찬가지로 기계적으로 일을 한다고 생각해보라. 거기에 기계적으로 드라이하게 아무 생각없이 그냥 하루하루 반복된 일을 하는 내 모습을 상상해보면, 그건 인간답게 사는 게 아니지 않겠는가. 그런 의미에서 일에서 자신만의 행복을 찾을 수 있는 방법을 찾아봐야 하는 것이다.

아무리 물질만능주의라고 해도, 금전적인 것이 모든 것에 우선한다고 해도 하루 활동 시간의 2/3이상을 보내야 하는 직장에서 내가 하는 일이 그래도 내가 잘할 수 있고 인정받을 수 있는 할 만한 일이어야 최소한 세상사는 맛이 나지 않을까 한다. 결국엔 최종 결정은 본인 자신의 몫이지만, 직무를 설정할 때 일에 대한 본인의 행복지수는 고려해 봐야 할 것이다.

억지로 금전적인 보상이 주어지는 일이니까 해야하는 거니까 끌려 다니듯이 하는 일이라면 그건 하루하루가 상상이상으로 힘들고 스스로를 병들게 하는 것임을 확실하게 인지하길 바란다. 세상에 싫은데 어쩔 수 없이 행해야만 하는 시간이 많아지면 그건 내 일상을 어둠으로 만들 수 밖에 없음을 다시 한번 강조해 주고 싶다.

결국 최종 면접은 인성면접이다

지금까지 극히 현실적이지만, 마음이 좀 아픈 팩트 폭격을 했다. 입시 성적으로 학교를 선택할 때와 같이 최대한 객관적으로 스스로의 수준을 감안해서 지원 가능한 기업을 선택하라고 말이다. 하지만 내 성향을 고려하지 않고 선택하는 학교와는 달리, 기업을 정할 때는 내가 잘할 수 있는 직무로 정해 보자는 본인의 선택권이 우선시된다. 따라서 누군가에게 떠밀려서 선택하지 않아도 된다는 것에 위안을 받을 수 있을 것이다.

다행스럽게도 그런 여러 과정을 거치고 지원하는 모든 기업에는 하나의 공통점이 있다. 그것은 서류전형도 하고, 인적성검사도 보고, 전공 시험도 치르고, 면접으로 넘어가서는 이런저런 다양한 종류의 면접을 보고 나서 최종 면접은 순수하게 인성면접을 한다. 즉, 사람만을 보고 최종평가를 하겠다는 것이다.

그건 무엇을 의미하는 것일까? 그만큼 진로를 결정하는 직무를 선택하는 지원자의 기준과 관심에 대한 진정성을 확인하고 싶은 것이다. 본인의 강점을 살려서 할 수 있는 일을 찾아가는 과정을 체크하고자 하는 것이다. 그것이 채용의 마지막 필수조건인 것이다.

현재 채용 과정은 시험에서 Open Book과도 같다. 조금만 신경써도 자소서 항목별 족보, 면접 질문 유형별 합격/불합격, 답변내용 및 태도 등이 널려 다니기 때문이다. 그것조차 확인하지 않고 지원했다면 합격을 생각하는 것 자체가 무의미하다. 100% 불합격이다. 그렇게 정답이 난무하는 세상에서 지원자들이 그 모든 내용을 다 파악하고 있다는 사실을 전제로 평가를 하는 기업의 입장에서는 무엇을 중요하게 생각하겠는가?

얼마전에 챗GPT를 활용한 너무도 정답 같은 정형화된 시험 답안을 제출해서 다수가 "0"점 처리된 것과 같이 정답을 다 알고 있는 상태에서 예상대로 암기한 듯이 그 정답과 유사하게 글로 작성하고 말로 표현한다면, 그 지원자에게 평가점수를 높게 줄 수가 있겠는가? 그래서 기업에서는 최종면접을, 그것도 대표이사 임원들에게 사람을 보고 평가해 달라고 요청하는 것이다.

여기에서 왜 갑자기 최종 면접이 인성면접이라는 것을 강조하는 걸까? 그것은 진로를 설정하는 초보 단계에서부터 인성면접에서 가장 중요한 직무지원 동기가 만들어져야 하기 때문이다. 왜 이 직무를 선택했는지, 그래서 이 직무를 통해 본인이 추구하고 싶은 것이 무엇인지가 있는 그대로 표현되어야 하기 때문이다.

자소서를 똑같은 내용으로 작성해서 상하반기 똑같은 기업, 똑같은 직무에 지원하면 합격과 불합격이 갈릴 수 있다. 자소서를 어떤 성향의 평가자가 읽었느냐에 따라서 다른 평가가 충분히 나올 수 있다는 것이다.

하지만 면접에서 똑같은 면접 질문에 상하반기 똑같은 기업, 똑같은 직무에 지원했다면 면접관이 누구이든 상관없이 결과는 거의

100% 똑같다. 그건 면접관을 속일 수 없기 때문이다. 면접관은 귀신 같은 존재로 생각하면 된다. 지원자는 부처님 손바닥에 놓여 있는 손오공이라고 보면 된다. 그만큼 면접관은 현실 전문가들이니까 면접관이 면접 질문에 대한 답변을 몇 마디 들어보면, 완전히 지원자의 속까지 다 확인이 가능하기 때문이다. 답변 내용, 답변 태도, 답변할 때 눈동자의 움직임, 답변할 때 관련 사례 등을 듣고, 보고 있으면 지원자의 진정성을 확실하게 파악할 수 있기 때문에 면접관을 일시적으로 속일 수 있을 것이라는 기대는 처음부터 하지 말아야 한다.

왜 최종 면접이 인성면접이라는 사실을 강조했는지 이제 느껴질 것이다. 결국엔 최종합격을 하기 위해서라도 지금 이 시간 진로 직무를 결정하는 순간에 본인 스스로에 묻고 또 묻고, 내가 잘할 수 있는 일이 왜 이것인지 본인의 강점과 매칭시켜 보는 노력을 해야 할 것이다.

작가 같은 글을 잘 쓰는 사람 강사와 같이 말을 잘 하는 사람이 실제 취업과정에서는 힘을 전혀 발휘하지 못하는 이유는 정답 같은 수려한 글과 말은 평가하는 사람을 감동시키지 못하기 때문이다. 전달력도 진정성도 확보되지 않기 때문이다. 그래서 본인 자신의 소소한 얘기에 집중해야 하는 이유가 여기에 있는 것이다.

나만의 얘기를 전제로 하게 되면 처음 보는 평가자에게도 신선하게 있는 그대로 진정성있게 받아들여 질 수 있게 된다.

왜 어른들은 공무원,
공기업, 전문자격증만
준비시키나

주위에 내 미래를 우려하는 어른들은 걱정할 수밖에 없어.

내가 잘할 수 있는 일, 내가 관심이 있는 업종에 대해서

간단하게라도 얘기한 적이 없으니.

딱 5줄 정도면 충분히 설득이 가능해.

"저는 저의 이런 강점을 살려서 이렇게 준비해서 이런 일(직무)를

하고 싶습니다"

My Job Path가 없으니,
어른들이 강요하지

　나는 'Job Path'라는 말을 자주하게 된다. 처음에는 졸업하고 취업한 선배들의 행적을 추적하면서 사용하게 되었는데, 이제는 그 말을 진로 직무를 정하려고 하는 학생들에게 해주고 싶었다.

　어른들이 나의 미래를 정해서 네가 하고 싶은 것이 특별히 없어 보이니, 어른의 입장에서는 대학원에 진학한 셈 치고 지원할 수 있을 때 지원을 아낌없이 해줄 테니까 2, 3년 더 준비해서 공무원이나 공기업, 아니면 전문 00사 자격증을 취득해 보라고 강요 아닌 강요를 하곤 한다. 하지만 그건 강요가 아니라 도망갈 구멍을 만들어 주는 것과 같다.

솔직해 보자. 무언가 시험준비를 한다고 했을 때, 어느 누구도 내 시간 공간에 터치를 하지 않는다. 그렇게 자유로울 수가 없다. 그냥 아낌없이 지원을 해준다. 그리고 마음 편히 공부만 하라고 한다. 얼마나 편한가. 그 기간이….

하지만 우리는 스스로 알고 있다. 한 번이라도 시도라는 것을 제대로 최선이라는 것을 해보았다면 그것조차 시작하지 못한 경우도 많이 있지만, 내가 하루에 할 수 있는 공부의 양이 어느 정도 되는지, 내가 책상 의자에 앉아있을 수 있는 시간이 얼마나 되는지, 집중이 가능한 시간이 얼마인지 등을 알면 시험 준비의 진도를 계획할 수 있고, 그 계획을 수립해 보았다면 우리는 안다. 내가 이 시험을 준비하게 되면 어느 정도의 시간을 투입해야 가능하다, 불가능하다는 것을. 그런 상황을 안다면 거기에서 멈추어야 한다. 될 듯 될 듯하다면 그건 미련이 남지 않을 만큼 시간을 투자하고 올인해서 끝을 보아야 한다. 그러면 나중에 포기하더라도 미련없이 차선책으로의 진로를 정할 수가 있는 것이다.

어른들의 강요를 부당한 것이라고 자신 있게 얘기할 수 있으려면 나만의 진로 계획이 수립되어 있어야만 한다. My Job Path라는 것은 그런 의미에서 나의 진로 로드맵인 것이다. 내가 나의 강점을 얘기하면 그건 어른들도 다 공감하는 부분일 것이다. 왜냐하면 내가 강점으로 찾아낸 것이 주위에서 들었던 칭찬이라는 평판들을 전제로 잡아낸 것이기 때문이다. 그렇다면 내 이런 강점이 이런 직무에 맞아 떨어진다는 사실을 어른들에게 얘기했을 때 어떤 어른이 그 것을 반대할 수 있겠는가. 그 얘기를 하는 순간, 어른들은 "네가 다 컸구나. 이제는 너 스스로의 앞길을 혼자의 고민과 결정으로 만들 어 갈 수 있겠구나." 하면서 비로소 하나의 진정한 성인으로 받아 들여 주기 시작할 것이다.

5줄이면 되는 건데,
어디에 입사해서 무슨 일을 하고 싶다는 것인가

그럼 나만의 진로 로드맵 My Job Path는 어떻게 만들어야 하나. 간단하게 다시 리마인드하면서 생각을 정리해 보자.

내가 가지고 있는 강점은 무엇인가?

그럼 그 강점과 매칭되는 직무는 무엇인가?

직무들을 현직자를 통해 직무내용, 직무역량을 파악해서 내 강 점을 직무 강점으로 만들면, 그게 기본 Job Path의 기초가 되는 직 무설정이 된다. 그러고 나서 이 직무 강점을 가지고 현재 상태에서 지원가능한 기업을 찾아야 한다. 앞으로 취업지원을 하기까지, 그 리고 준비가 가능한 것까지 감안하여 관심이 있는 업종에서 지원 가능한 기업을 찾아내는 것이다. 이 정도가 정리되면 이제 그것을 간단하게 5줄에 옮겨본다.

1. 제 강점은 이것입니다.

2. 이 강점으로 잘할 수 있는 직무는 이런 것이 있습니다.

3. 이 직무는 이런 일을 하는 것이고, 이런 역량이 필요합니다.

4. 저는 이런 직무역량을 키우기 위해서 앞으로 이렇게 준비하겠습니다.

5. 최종목표는 OOO기업인데 당장 입사가 불가능하면 관련 직무로 1, 2년 경력을 만들어서 최종 입사하겠습니다.

이것으로 나의 진로 로드맵 My Job Path는 완성된 것이다.

진행하면서 중간중간 현재 진행상태를 어른들과 공유하면 더할 나위 없는 취업 과정이 될 것이며, 행복한 취업 준비가 될 것이다. 목표를 공유했고 진행과정을 피드백하고 있으니까.

나보다 더 나를 걱정해 주는
어른들부터 설득이 가능해야

사회생활을 하면서, 그것도 사람들을 직접적으로 대면하는 일을 평생의 업으로 하면서 주위의 많은 얘기도 듣고, 보고 하면서 세상에서 가장 어려운 것이 누군가를 설득하는 일이라는 생각을 하게 된다. 생판 모르는 사람을 설득하는 것도 이렇게 어렵고 힘든 일인데, 하물며 당신들보다 자식을 더 걱정해 주시는 부모님을 설득하지 못해서야 어찌 사회생활을 할 수가 있겠는가, 하는 생각을 갖게 되었다.

부모님은 내가 그냥 설렁설렁 넘기는 작은 것에도 신경을 쓰시고, 특히 자식의 미래 사회생활에 대해서 극도로 민감하게 반응하신다. 그럴 수밖에 없다. 당신들이 살아온 인생이고 사회생활이기 때문에 당신들보다 자식이 더 편안하게 행복하게 안정적으로 살았으면 하는 간절한 마음의 표현일 것이다.

하지만 그 간절함이 강요가 되고, 말이 전혀 안 통하는 고집으로 표현되는 경우가 많이 있기는 하지만, 나는 그 현실을 진로에 대한 방향 공유 시도조차 하지 않고 피하고 있는 학생들 자신에게 갈등의 책임이 있는 것은 아닌지 묻고 싶다.

시도해 보았는가? 내가 어떤 직무를 왜 하려고 하는지, 그래서 내가 계획하고 준비하고 있는 것이 무엇인지에 대해서 얘기해 본 적이 있는가?

그렇게 본인의 미래에 대해서 레포트를 쓰라는 것도 아니고 간단하게 5줄 정도로 정리해서 공유해 본 적이 있느냐는 것이다. 어렵지 않게 최대한 현실적으로 얘기를 해본다면, 당신들보다 자식을 더 걱정하는 부모님이 반대할 상황은 없다고 단언한다. 물론 예

외가 있을 수도 있지만, 그건 본인의 준비가 부족했기 때문이라 생각하고 다시 시도해 보면 될 것이고, 그래도 안 된다면 그건 특수 상황이니, 그것으로 설득 시도를 멈추어도 괜찮다. 할 만큼 한 것이니, 평안하게 본인의 길을 가면 된다. 어차피 인생은 본인 스스로 고민하고, 결정하고, 책임지면 되는 것이니까. 대부분은 나의 Job Path에 공감해 주실 것이라 믿는다.

공무원, 전문자격증은
머리 깎고 산에 들어가는 심정으로
최소 2년은 투자해야

오로지 시험 점수로 평가하는 수많은 것들. 대표적으로 공무원, 공기업 그리고 00사라고 통칭되는 다양한 전문 자격증 등을 준비하려고 마음먹었다면, 누군가에게 등 떠밀려서 준비하는 것이 아니라면 스스로에게 물어보라.

"나는 최소 2년간 무엇과도 병행하지 않고 오로지 하루 10시간 이상 책과 씨름할 수 있는가?"에 대해서 진진하게 그리고 현실적으로 자문해 봐야 한다. 그리고 결론을 내야 한다.

할 수 있는지 불가능한지.

여기에서 불가능하다는 것으로 판단되었다고 해서 이건 '포기'가 아니다. 이런 경우에는 '선택'이라는 단어를 쓰는 게 맞다. 내가 잘할 수 있는 것에 이런 시험 준비는 들어 있지 않기에, 그것을 스스로 인정하고 준비하지 않기로 한 것이니, 전적으로 이 결정은 포기가 아닌 선택이 맞는 것이다. 여기에서 중요한 선택을 했는데, 그래도 내가 잘할 수 있는 것이 시험 준비이니, 나도 한 번 시도해 봐야겠다고 마음먹었다면 그때부터는 모든 것을 뒤로 한 채 오직 하나만 보고, 하나만 생각하고, 하나만 해야 한다.

이런 전문 시험 준비는 입시와는 또 다른 문제이다. 입시도 오로지 시험 점수로 평가받는 것이라는 점에서는 같아 보일 수 있지만, 지금 우리가 얘기하고 있는 전문 시험들은 직업선택이기 때문이다. 공무원, 공기업, 00자격증의 취득은 시험 합격과 동시에 사회생활에서 본인이 평생을 해야 하는 진로 직무가 결정되는 것이다. 그렇기 때문에 변경이 가능한 입시와는 차원이 다른 결정인 것이다. 그래서 신중하게 고민하고 결정할 것을 권한다. 그리고 시작하기로 했으면 미련이 남지 않도록 본인 자신의 극한을 체험해 보아야 한다. 그래서 이제는 시도가 불가능하다는 것이라 판단했을 때 또 다른 진로 직무를 찾을 수 있기 때문이다.

우리를 괴롭히는 미련이라는 것을 남기지 말아야 새로운 선택이 가능해 진다는 것을 명심해야 한다.

직무는 기본 30년,
뭘 하면 행복할까

사회생활의 행복은 일에 대한 행복에서 시작된다.

일에서 행복을 찾을 수 있어야 하루하루가 의미 있다.

1, 2년도 아니고 30년 이상 일을 해야 하는데,

직무 선택의 기본은 그래서 행복할 수 있는 일을 찾아가는 것이어야.

"Happy Job"

내가 잘할 수 있는 일을 찾으면
그게 일의 행복

일이 어떻게 행복할 수 있냐는 얘기들을 한다. 나 또한 일에서 행복을 찾은 지 그리 오래되지 않았다. 대학에 몸담고 학생들을 만나면서 가늘고 길게 가자는 생각으로 단순하게 시작한 일이 이렇게 나에게 하루하루 행복을 안겨줄지는 상상도 못했다.

일하는 것이 행복할 수 있다. 아니, 일하는 것이 행복할 수 있는 그런 진로 직무를 찾아야 한다. 이 책을 쓰는 목적이 여기에 있는 것인 만큼 나는 일의 행복에 대해서, Happy Job에 대해서 얘기해보고 싶다.

일을 단순히 사회생활에 필요한 금전적인 보상을 받기 위한 수단으로만 생각하기에는 일에 쓰여지는 시간과 감정이 너무 많고 깊다. 개인적인 시간보다도 어떻게 보면 더 많은 시간을, 즉 30년은 넘게 보내야 하는 일인데, 그런 일을 결정하는 내 진로에 대해서 어떻게 대충이라는 말을 할 수가 있겠는가.

"내가 지원할 수 있는 것이 전공 불문으로 이 분야밖에 없고, 그냥 되는대로 채용되었으니 시작해 보는 거지." 하는 마음이라면 이 시간 처음부터 다시 생각해보자. 이제 갓 대학에 들어온 학생도, 고등학교를 졸업하고 사회에 나가는 학생도, 대학원에 진학하는 학생도 지금 이 시간에는 진지하고 진솔하게 본인 자신의 마음에 접근해 보는 시간을 가져 보았으면 한다.

이 책의 결론이기도 하지만, 결국 일의 행복은 내가 잘할 수 있는 일을 찾는 것에서부터 시작된다. 내가 좋아하는 일로 직업을 갖는 것도 중요하지만, 그건 현실적으로 어려운 부분이 많다. 따라서 내가 잘할 수 있는 일을 직업으로 가져야 주위로부터 인정이라는 것을 받을 수 있고, 본인이 성장을 할 수 있기 때문에, 자연스럽게 그 일이 좋아지는 것이고, 그 일을 천직으로 받아들일 수 있게 되는 것이다.

일에서도 행복이라는 것을 찾을 수 있다는 믿음으로 진로를 정해보자. 그 진로를 위하여 스스로에게 집중하다 보면, 어느새 스스로 잘할 수 있는 직무를 준비하고 있는 본인을 발견하게 될 것이다.

Happy Job. 내가 행복할 수 있는 일을 찾아보자.

사람에 대한 스트레스는 감수해야

지금까지 살면서 사람에 대한 스트레스를 안 받아 본 사람은 없을 것이다. 일상이 사람에 대한 스트레스의 연속이다. 가족에게서, 친구에게서, 함께 일하는 사람에게서, 주위에 있는 모르는 사람에게서 등등 수도 없이 많은 사람들에게서 스트레스를 받고 산다. 하지만 사람에 대한 크고 작은 스트레스는 필연적으로 생길 수 밖에 없고 도저히 피해갈 수 없으니, 그러면 받아들여야 하는 게 맞는 거 아닌가 하는 생각에서 시작해 보자. 이래서 "피할 수 없으면 즐겨라." 하는 말이 나온 것인지도 모르겠다.

그렇다. 일상이 이럴진대 하물며 생전 처음 보는 사람들이 모여 있는 직장은 어떻겠는가. 상상을 초월한다. 일단 직장에 처음 입사하면 내 의지와는 전혀 상관없이 함께 같은 공간에서 같은 시간을 보내야 하는 수많은 사내직원들이 있고, 거기에 일로 만나야 하는 더 많은 상대(고객, 거래처 등)가 있다.

생각만 해도 머리가 아파올 것이다. 직장을 그만두는 이유 중에는 주어진 역할이 싫어서 그만두는 경우도 없지 않지만, 대부분 사람 때문에 이직을 하는 경우가 가장 많다. 그 사람 때문에 저녁이 되면 내일이 밝아오는 것이 싫어서 잠자리에 들기가 꺼려지고, 아침이 되면 그 사람 얼굴 볼 생각에 눈을 뜨기 싫고, 집 문을 열기 싫고, 회사 앞에 가면 숨이 딱 막히는 경험을 하게 될 것이다.

겁을 주는 것이 아니라 어디를 가든 한두 명의 그런 상대적 비호감의 대상이 되는 사람들을 만날 수밖에 없다. 그런 존재의 사람 때문에, 그 사람을 피해서 다른 직장으로 옮겼다고 하더라도 그곳에 그런 부류의 사람이 없다고 장담할 수가 있겠는가. 그건 불가능하다고 보면 된다. 세상에서 그런 사람을 하나도 안 만나고 직장생활을 하는 사람이 있다면, 그건 정말 조상에게 감사해야 할 직장인의 복 중에 최고의 복인 것이다.

이런 얘기를 하는 이유는 사람에 대한 선별권이 없는 직장인으로서 사람에 대한 스트레스는 스스로 감수해야 하는 첫 번째 의무라고 생각하자. 그래도 사람이니, 직장에서 보내는 시간만큼은 최소한의 업무적인 협업이 이루어져야 하기 때문에, 반감을 드러내지 않아야 한다는 철칙에 대해서 말하는 것이다.

단, 퇴근을 하고 나서는 개인적으로 억지로 같이 할 이유는 없다. 그건 조절이 가능하다. 무조건 모두가 느끼게 '쌩'할 수는 없지만, 최대한 일대일 개인적으로는 마주치지 않을 수 있으니, 그것에 만족하고 직장생활을 시작하는 처음부터 그렇게 스스로 마음을 다잡고 준비해야 하는 것이 현명한 방법이라고 할 수 있다.

그 준비의 일환으로 지금 학교생활에서도 똑 같은 마음을 적용해서 본인의 인적 네트워크 관리에 신경을 써볼 필요가 있다. 아무리 싫어도 기본 관계는 유지하는 연습. 추후에 직장생활을 하는데 귀한 경험으로 작용될 것이다.

Job에 대한 스트레스는
선택단계에서 해결해야

사람에 대한 스트레스는 스스로 감수해야 할 대상이지만, Job에 관련해서는 그건 감수의 대상이 되어서는 안된다. 왜냐하면 일에 대해서 스트레스를 받게 되면, 그건 직장생활의 근간을 흔드는 상황이기 때문이다. 일에 대해서 스트레스를 받는다는 것은 두 가지 측면이 있다. 일 자체가 싫다는 것이 그 하나이고, 또 다른 하나는 일을 못한다는 평가를 받는다는 것이다.

그런데 이 두 가지 일에 대한 스트레스의 원인이 가만히 생각해 보면 진로를 처음 설정할 때부터 생겨난 근본적인 문제라는 것을 어렵지 않게 알 수 있다. 진로를 처음에 정할 때 본인이 가장 잘할 수 있는 일을 직무로 설정했다면 겪지 않아도 되는 스트레스라는 것이다.

본인의 진로를 중장기적으로 계획하에 결정한 것이 아니라 당장의 취업에 포커스를 맞춰 입사를 하다 보니 근본적인 문제에 봉착하게 되는 것이다. 이런 일에 대한 스트레스는 해결 방법이 전혀 없다. 이건 이직의 문제가 아니라 학교에서 전과, 편입을 하듯이, 직무자체를 처음부터 다시 설정해야 하는 근본적인 문제인 것이다.

그렇게 본다면 처음 진로 직무를 결정하는 것이 얼마나 중요한지를 비로소 현실적으로 팩트에 의거해서 알게 된다.

내가 가장 잘할 수 있는 일을 직무로 설정했는데도 일에 대한 스트레스가 장난 아니게 많다고 말하는 사람들은 다시 한번 생각해 보라. 처음에 내 강점으로 매칭된 직무라면 그건 일에 대한 스트레스가 아니라 그 일을 시키는 사람, 그 일을 협업하는 사람, 그 일을 함께하는 부서 동료로 인한 스트레스일 것이다. 즉, 사람에 대한 스트레스를 일에 대한 스트레스로 전이하여 생각한 경우일 가능성이 농후하다.

결국 진로 설정단계에서의 직무 선택이 일에 대한 스트레스를 해결해 준다는 사실을 인지한다면, 지금 진로를 고민하는 학생들이 보다 현실적이 될 수 있을 것이다.

아무도 미래에 대해서는 확신을 할 수 없지만 그렇다고 당장의 눈앞에 있는 상황만을 전제로 우리의 미래를 계획 할 수는 없는 것 아니겠는가?

Job에 대한 스트레스는 그래서 충분히 스스로의 선택으로 커버가 가능하다는 것을 인지하고 진로(직무) 선택에 본인 자신이 주도적으로 간여해서 진로 결정권자로서의 권리와 의무를 다해야 한다.

당장의 회사 이름, 근무 조건은 길어야 5년, 연연하지 말아야

"주위의 대기업에 다니는 사람들, 지인들을 보면 부럽죠."

티를 낼 수는 없지만, 부러운 것은 팩트니까, 그 부러움을 인정하는 것에서부터 생각해보기로 한다.

내 주위에서도 같은 학교, 같은 학과, 아니 그 보다도 못하다고 생각하는 스펙으로 모두가 부러워하는 기업에 취업한 것을 보게된다. 그래서 나도 준비하면 될 수 있을 것이라는 희망을 가지게 되고, 그 희망으로 취업준비를 하게 되는 것이 현실이다.

하지만 실제 대기업에 근무하는 사람들에게 물어보라. 현직자를 직간접적으로 접해서 파악해 보라. 세상에 공짜는 없다고 했다. 하루에 주어진 업무시간은 똑같은데, 누구는 매월 수백만 원을 더 받고, 안락한 근무환경에서 즐기면서 지내는 것으로 보인다면 그건 아직 현실인식이 부족한 것이라 할 수 있다. 기업은 주는 만큼 일을 시킨다. 우리는 받는 만큼 일을 해야 한다. 그래야 살아남는다. 그런 의미에서 본다면, 대기업의 평균 근속기간에 대해서 생각해본 적이 있는가? 평균 10년이 채 되지 않는 것이 현실이다. 그런 숨막히는 경쟁 속에서 소위 정년까지 살아남는 비율은 숫자로 옮기기에도 미미한 수준이다.

대기업에 준하는 이름만 대면 알 수 있는 기업에서 사회생활을 시작한다면, 본인의 노력에 대한 대가를 누리면서 사는 것이니, 자긍심을 가질 수 있는 것은 사실이지만, 그런 마음이 5년을 채 넘기기가 어렵다는 것을 얘기해 주고 싶다.

노력했으니, 남들이 쉬고 놀 때 입시부터 학교생활까지 최선을 다해 시간과 노력을 쏟아 부었으니, 그에 합당한 대가를 받는 것이 순리이지만, 그럼에도 불구하고 내가 잘할 수 있는 직무를 설정한 후 관심 있는 업종에서 하루하루 재미있게, 흥미롭게, 행복하게 일을 할 수 있었으면 하는 마음이다.

그래서 회사를 결정하는 첫 번째가 회사이름이 아니라 본인의 직무 강점이 커리어로 계속 쌓여갈 수 있기를, 본인의 관심이 유지되는 업종이기를, 그리고 기업문화가 본인과 매칭되는 기업이기를 기원해 본다.

기업의 채용 기준은 단순하다

채용하는 기업에서 단순한 기준으로 채용을 하려고 하는데,
왜 지원자들이 복잡하게 준비를 하는 것일까?
기업의 단순한 채용 기준에 맞게 준비도 단순하게
직무중심으로 선택과 집중을 해야.

왜 지원했나요?

　자소서에서는 주로 왜 지원했는지에 대해서 집중적으로 파악하게 된다. 물론 면접 시에는 담당자들이 자소서에 들어있는 내용을 중심으로 정말 지원자 본인의 얘기가 맞는지에 대해 검증하고 확인한다고 보면 된다.

　자소서에서 지원동기를 가장 중요하게 생각하는 이유도 거기에 있다고 할 수 있다. 지원동기가 중요한 이유는 실제로 지원자가 직무를 선택한 근거도 분명해야 하고, 선택한 직무에 평상시에도 관심이 있었다는 것이 자소서를 통해 느껴져야만 한다. 그래서 지원직무와 관련해서 어떤 교과목을 찾아서 들었고, 그 교과목 수강을 통해서 직무의 어떤 역량에 필요한 이론적 지식을 취득했는지 구체적으로 적시해야만 하는 이유이다. 그러고는 그 직무에 필요한 다양한 활동들을 실제로 이 직무에 관심이 지대하게 많다는 것을 검증해 보이기 위해 자소서에 녹여내야만 하는 것이다. 평가하는 입장에서는 이 글이 이 답변이 정말 본인의 얘기가 맞을까 하는 의심이라는 색안경을 쓰고, 그것도 대충 읽을 수밖에 없는 자소서에 직무에 대한 애정과 관심, 그리고 그 직무를 수행하기 위해서 했던 수많은 준비에 대해서 확실하게 표현해 주어야 하는 이유가 여기에 있다.

그 다음으로는 그 직무를 왜 하필 지원하는 업종에서 하려고 하는지에 대한 건이다. 선택한 직무를 지원자가 가장 잘할 수 있는 일이기 때문에 집중해서 준비했다고 한다면, 업종은 평상시 지원자가 좋아하고 관심 있는 분야일 때 확실하게 본인의 관심을 전달할 수 있게 된다. 업종의 경우에는 성장과정부터 거슬러 올라갈 수도 있고, 성격의 장점, 그리고 다양한 단체활동, 대외활동, 공모전 등으로 표현이 가능하다. 좋아하니까 자주 접하게 되고, 평상시에 가장 많은 시간을 함께하기에, 그래서 찾아서 보고, 듣고, 참여하고 하는 분야가 지원 업종이라는 것에 대해서 자소서에 명확하게 적시해야 한다.

그렇게 직무 선정과정과 준비, 거기에 업종에 대한 지원자의 애정에 대해서 전달했으면, 마지막으로 해당 업종에 있는 그 수많은 기업 중에 왜 하필 우리 회사인가에 대한 내용이 필요하다. 이름만 대면 알 수 있는 중견그룹 이상의 기업이라면 동종 업종에 있는 기업 간의 비교가 선결되어야 한다. 그 비교가 자소서에는 자세히 표현하기가 힘들지 모르지만, 그래도 핵심만이라도 표현해 주어야 하며, 면접에서는 보다 확실한 비교 평가가 답변으로 나와야만 한다. 무조건 지원하는 기업이 제일 좋다고 할 수도 없는 문제이기에, 이 경우에는 우선 본인의 회사 선택 기준에 대해서 제시해 주어야 한다. 어떤 기준으로 지원 기업의 우선순위를 정했는지 그래서 지원하는 기업이 내게는 이런저런 이유로 1순위의 기업임을 명확하게 해주어야 평가자는 지원자에게 높은 평가점수를 부여할 수 있는 것이다. 동종 업종에 있는 기업들을 비교하는 것은 생각보다 쉽지 않다. 많은 시간과 다각도의 분석이 선결되어야 하고, 짧지만 본인만의 선택기준이 확실하게 보여야 한다. 주위의 컨설턴트나 현직 취업 선배 등의 도움이 절실히 필요한 부분인 이유가 여기에 있다. 스터디도 기업 비교 중심으로 해보는 것이 스터디 구성원 모두에게 도움이 될 것이다.

하지만 이름만 대면 알 수 있는 기업이 아닌 경우가 더 많을 것이다. 그럴 때는 우선 직무와 업종에 관련해서는 자소서에 다 표현했다는 것을 전제로, 스타트업, 중소기업 등 규모가 크지 않는 기업에 지원하면서 원래부터 알고 있었다는 말을 한다는 것은 처음부터 사실이 아님을 전제로 하는 것이라 삼가야 한다.

직무와 업종을 정하고 나름 본인의 기업을 선택하는 기준에 대해서 표현한 후에는 귀사에 이런 이유로 지원하려고 마음먹고 귀사에 대해서 찾아보니, 귀사는 이런저런 상품을 생산, 판매하는 기업이며 앞으로 어떤 사업을 주로 하려고 한다는 것 정도는 알고 있다는 최소한의 성의 표시는 해야 한다. 아무리 규모가 작은 기업이라도 구글링, 녹색창 검색 또 요즘에는 챗GPT 등을 서칭하게 되면, 작은 내용이라도 검색이 될 것이기 때문에, 기업 관련 임원의 인터뷰, 수상실적 등 소소한 것까지 확인해 봐야 한다. 그리고 중소기업의 경우, 마지막으로 본인이 대기업, 중견기업보다는 중소기업에서 일을 하려고 하는 이유도 표현해 주는 것이 필요하다. 그래야 채용하는 기업측에서는 마음이 놓이기 때문이다.

왜 당신을 뽑아야 하나요?

자소서가 주로 지원동기에 집중을 한다면, 면접에서는 상대적으로 이 많은 사람들 중에 왜 우리 회사에서 당신을 채용해야 하는지에 대한 실질적 이유에 대해서 집요하게 평가하게 된다. 지원한 직무의 선택 이유부터 시작해서 직무의 업무내용, 거기에 직무에 필요한 역량이 무엇인지 다양한 질문을 통해 확인하고, 최종적으로는 그래서 그런 직무역량 중에서 지원자가 가지고 있는 절대적인 직무 강점이 무엇인지를 가지고 다수의 지원자와 상대 평가하여 그 중에서 가장 적합한 지원자를 채용하게 되는 것이다.

직무내용과 직무에 필요한 직무역량에 대해서 모른다면, 그 지원자는 최우선적으로 불합격 처리된다.

다음으로는 업종에 대한 건으로, 관심 있는 업종이라면 최소한 업종에서 상시로 사용되는 전문용어를 알아야만 한다는 전제가 있다. 입사를 하게 되면 일을 할 수 있도록 매뉴얼도 있고, 선임자가 끌어 주기 때문에 시간이 모든 것을 해결해 줄 수 있지만, 입사하자마자 업무지시를 받거나 회의에 참석했는데 전혀 이해할 수 없는 소리라면 그건 자격미달이기 때문에 업종의 전문용어에 대한 사전 습득은 필수인 것이다.

앞서 언급했듯이, 기업이 신입사원을 바라보는 시선은 큰 기대 없이 업무적으로 말귀를 제대로 알아들을 수 있는 정도의 직무 지식이 있고, 인성적으로 조직생활에 결격 사유만 없다면 일단 채용이 가능한 것으로 판단한다. 그러므로 이것저것 소소한 Skill을 많이 가지고 있는 경우, 좋은 평가를 받을 수 없는 이유가 신입사원의 보유 기술은 기존 회사에 있는 상사들에게는 의미 없는 수준이기 때문에, 어설프게 본인의 기술을 부각시키려고 할 필요는 없다. 그만큼 현재보다는 미래에 대한 투자 개념으로 신입사원을 채용한다면, 지원자의 미래에 대해서 꾸준함과 성장가능성 그리고 조직 적응력을 부각시킬 필요가 있다.

어설픈 능력 과시는 그래서 도리어 지원자에게 마이너스로 돌아올 소지가 많다는 것을 명심해야 한다.

채용 과정은 우수한 직원을 찾는다기보다는 채용에 따른 리스크가 있는 지원자를 떨어뜨리는 과정이라고 한다면 너무 역설적인 얘기가 될까? 그러나 현실은 그렇다. 채용하는 기업의 입장에서는 신입사원이 월등한 능력을 갖추고 있는 최신의 기술인력일 때를 제외하고는 결국에는 떨어뜨릴 이유가 없는 사람을 남기는 과정이라고 이해하면 좋을 것 같다.

앞서 채용의 핵심은 No Risk라고 말했다. 왜냐하면 채용은 두 번 할 수가 없기 때문이다. 한 번 채용을 확정하면 다시 원점으로 돌릴 수 없는 레이스인 것이다. 그래서 기업은 채용 단계에서 최적의 신입사원을 뽑아야 하는 것이다. 점점 복잡해지는 채용 과정을 들여다보면, 참 많은 종류의 면접이 생기고, 구체화된 자소서 항목들이 생기게 되는 이유도 여기에 있다. 시간이 좀 더 걸리더라도, 채용에 투입되는 인력들과 비용, 소요시간이 증가하더라도 채용이 확정되기 전에 수차례 중복해서 확인에 재확인, 재재확인을 하려고 한다.

지원자는 여기에서 다시 한번 돌이켜 스스로에게 물어봐야 한다.

"그럼, 나는 왜 당신을 뽑아야 합니까?"라는 질문에 어떤 답을 할 수 있을 것인지 자문해 보고, 실제로 면접 기회를 다양하게 얻을 수 있는 방법을 찾아보기 바란다. 그런 실전 경험만이 성격을 떠

나서 평가자에게 지원자의 진정성있는 마음을 전달할 수 있는 내공이 생기기 때문에 반복해서 지원하고, 인터뷰기회를 최대한 확보할 것을 당부한다.

스스로 취업 준비가 턱없이 부족하다고 본인이 정해놓은 지원 자격이라는 가이드라인에 매몰되어 지원 시도 자체를 뒤로 미루는 경우가 많은데 그것만큼은 절대적으로 피해야 한다. 규모가 작은 기업이라도 관련 직무의 채용 기업을 서칭하고 그 기업을 대상으로 꾸준하게 지원서 작성 시뮬레이션과 인터뷰 기회를 만들어내서 직접 체험하는 것이 가장 효과적인 취업 준비라는 것을 명심해야 한다.

아무리 작은 기업이라도 인터뷰를 보는 사람들은 팀장급이상 임원이고 이들은 처음부터 그곳에 있던 사람이 아닌 중견이상의 기업에서 근무했던 경력이 있는 사람들이므로 대기업의 10년 경력 현직자보다 더더욱 현실적이고 직무관련으로 배울 것이 많은 사람이라는 현실을 직시하자.

다리품을 팔아서 인터뷰를 많이 보러 다니는 것이 곧 실전 경험이고 그것이 취업 노하우를 만들어가는 과정인 것이다.

알아두면 마음이
편안해 지는 말들

진로와 사회생활 관련해서 알아두면 좋을 만한 것들,

지극히 개인적인 기준으로 선택한 말들,

가벼운 터치로 읽어봐 주길.

최애 숫자 4444, 왜 4는 싫은 거야.
선입견을 버려

직무를 선택하는데 선입견이 작용하면 안된다는 의미에서 숫자 '4'에 대한 얘기를 해본다.

10여년 전부터인가, 대학에서 학생들을 만나고 나서부터인가. 아무튼 그 즈음부터였던 것으로 기억한다. 기존에는 22라는 승리의 상징 숫자를 막연히 좋아해서 어디서나 2를 최애 숫자로 말했고, 2와 연관된 수많은 것에 작은 집착을 드러내 보이기도 했다.

그런데 어느 순간, "왜 사람들은 '4'라는 숫자를 싫어할까? 나라마다 틀리 다고는 하는데 유난히 우리나라는 4라는 숫자에 거부감을 가지고 있어서 하물며 4층이 없는 건물도 있을 정도이니." 하는 생각을 하게 되면서 4에 대한 한자 의미를 찾아보았다.

'사'는 '死', 즉 죽음을 의미하는 것만 있는 것이 아니다. '사'에는 다양한 의미가 있다. 醫師(의사)와 같이 스승을 뜻하는 것도 있고, 檢事(검사)와 같이 일을 뜻하는 것도 있으며, 會計士(회계사)와 같이 선비를 뜻하는 것도 있다. 그 외에도 '사'는 수도 없이 좋은 뜻으로 쓰이는 경우가 많음을 새삼 알게 되었다.

그래서 사=死=죽음이라는 선입견을 버리는 것이 중요하다는 결론을 내리고, 직무에 대한, 영업에 대한, 마케팅에 대한 선입견을 버리는 것부터 진로에 대한 고민을 시작했으면 하는 바람이 있다.

누구나 주관적인 선입견은 가지고 있다.

그러나 취업에 있어서 특히, 진로(직무)를 결정하는 경우에는 선입견이 있어서는 안된다는 것을 강조하고 싶어서 "4"라는 숫자를 얘기하게 되었다.

내가 관심이 있고 좋아하는 것과 내가 왠지 싫고 꺼리는 것에 대해서 스스로의 강점과는 상관없이 그냥 느낌, 감정만으로 진로를 결정해서 후회하는 경우를 너무도 많이 보아왔기 때문에 더더욱 선입견을 버리고 진로를 결정해야한다고 강조하는 것이다.

상황, 나만의 정의가 필요하다

"저는 성실합니다."

"저는 책임감이 강합니다."

"저는 소통 능력이 탁월합니다."

이와 같은 정형화된 표현을 자소서나 면접의 답변으로 사용하면 전달력이 현저하게 떨어진다. 기업에서 평가하는 입장에서는 상투적인 외운 내용으로 인식되기 때문에 진정성이 없는 것으로 받아들여질 수 밖에 없다.

그런 내용은 너무나 당연한 얘기인데 사전적으로 접근했기 때문이다. 기업의 비전이나 인재상에 있는 단어를 그대로 가져다 쓰면 그것 또한 전달력이 떨어지는 이유가 거기에 있다. 너무 많은 사람들이 그 단어에 대해서, 단어 자체를 사용하기 때문에 임팩트있고 현실적인 접근으로 본인이 느끼는 나만의 단어 정의가 필요하다.

"저는 성실이란 주어진 일에 대한 역할에 충실한 것이라 생각합니다."

"제가 생각하는 설득이란 상대방에게 제 입장과 상황을 알게 하는 과정이라 생각합니다."

"제가 생각하는 갈등은 생길 수밖에 없는 것이라 생각하고 해결책부터 찾습니다."

등등 본인만의 상황 단어에 대한 정의를 내리는 버릇을 기를 것을 권한다.

본인의 생각이기 때문에 사전적 의미와는 같을 이유도 없고 같아서도 안된다. 내가 겪었던 상황들 중에서 하나를 꺼내어 본인만의 색깔로 표현하면 그게 가장 자연스럽고 전달력 있는, 진정성 있는 답이 되는 것이다.

그리고 '말은 풀어야 맛'이라 했으니, 단어 위주로 표현하는 것을 풀어서 대화하듯이 쉽게 표현하는 연습도 필요하다. 성실함과 책임감을 표현하고 싶으면 "저는 주어진 일을 끝마치기 전에는 항상 머리에서 그 일에 대한 생각으로 밤잠을 설칠 정도입니다."라는 풀어진 문장에서 성실함과 책임감 그리고 악착같음을 동시에 표현할 수 있는 것이다.

飛鳥不濁水, 떠나는 뒷모습은 아름다워야

비조불탁수(날 비 / 새 조 / 아니 불 / 더럽힐 탁 / 물 수)
날아가는 새는 노닐던 물을 더럽히지 않는다는 말로, 떠났을 때의 주위 평판에 대한 글귀다.

사회생활의 기본은 주위의 평판이라고 할 수 있다. 학창시절의 평판은 그냥 내 자신을 돌아볼 수 있는 수단으로 활용이 되지만, 사회생활을 시작하면(크게 보면 대학생활도 하나의 사회생활이라고 볼 수 있다.) 우리는 이제 본격적으로 주위의 모든 사람에게 평가를 받게 되어 있고, 그것은 사회생활을 하는 동안에 끝까지 나를 따라다닌다.

생각하기에 따라서는 냉정하고도 무서운 일이다.

내가 어떤 스타일로 업무를 하는 사람이고, 내가 어떤 직무관련 능력을 가지고 있는 사람인지. 그리고 회식을 하거나 했을 때, 내가 어떻게 망가지는 것까지. 거기에 어떤 성격의 소유자인지 등등.

내가 거쳐간 모든 곳에서 나를 평가하고, 그것이 평판이라는 이름으로 나를 따라다니면서 내가 이직하거나 취업할 때, 나를 평가하는 가장 중요한 수단으로 최종 취업의 당락을 좌우하는 것이다.

실제로 요즘 번성하고 있는 HR(Human Resource 인력 관련 전반) 사업 중에 레퍼런스 체크(Reference check, 평판조회)라는 사업이 있다. 기업의 의뢰와 지원자의 동의 하에 지난 경력에 대한 피드백을 이전 직장에서 같이 근무했던 직장상사, 동료 등으로부터 받은 후 그 보고서를 채용하는 기업에 제공하게 된다.

그래서 내가 항상 마음에 담아두는 말이 다음과 같은 말이다. 그냥 한자가 아닌, 한글의 의미로 기억해 두자.

"사람은 언제나 떠나는 뒷모습이 아름다워야 한다."

개인적으로 친할 필요는 없지만, 절대로 적으로 만들지 말라는 의미로 받아들이면 된다. 모두를 만족시킬 수는 없지만 모두에게 비난을 받지 않을 수는 있다는 의미이다.

작은 신경과 배려 하나로, 말 한마디 조심하는 걸로 해결되는 것으로, 평상시에 항상 조심해야 하는 사회생활의 기본 이라고도 할 수 있다.

如意吉祥, 모든 것은 생각하기 나름

여의길상(같을 여 / 뜻 의 / 길할 길 / 상서로울 상)

여의: 일이 생각대로 됨

길상: 좋은 일이 일어날 조짐

좋은 일을 생각하면 좋은 일이 생긴다(긍정적으로 생각하자)는 글귀이다.

혼란스러울 때 항상 마음에 담아두고 곱씹는 글귀이다.

진로를 결정한다는 것은 혼란스럽고, 답답하고, 막막한 과정이다. 그래서 이 책을 읽고 진로에 대해서 본격적으로 고민이라는 것을 시작하는 모든 학생들에게 해주고 싶은 말이다.

사람은 생각하는 동물이라고 했다. 생각이란 여러 갈래로 갈리게 마련이지만, 생각을 부정적으로 시작하면 답이 없다.

세상에는 안 되는 이유를 찾는 사람이 있고, 되는 이유를 찾는 사람이 있다고 한다.

진로를 정함에 있어서, 누군가와 비교하지 말고 본인이 가지고 있는, 가질 수 있는 범위내에서 조금이라도 나은 강점을 살릴 수 있는 직무를 찾아야 한다. 그리고 잘될 것이라는 확신을 가지고 고민은 짧고 굵게, 하지만 치열하게 1주일을 넘기지 않아야 한다. 그 사이에 많은 사람에게 참고할 만한 얘기를 들어보고, 최종적으로는 긍정적으로 생각해서 본인의 진로를 스스로 정해볼 것을 마음으로 응원한다.

唾面自乾, 영업의 기본은 버티는 힘

타면자건(침 타 / 뱉을 면 / 스스로 자 / 마를 건)
누군가 내 얼굴에 침을 뱉으면 마를 때까지 기다린다는 뜻으로, 영업을 함에 있어서 사람을 대면할 때는 버티는 힘, 즉 인내가 필요하다는 글귀이다.

뜬금없이 영업 얘기를 꺼내는 이유는 영업마인드에 대한 얘기를 하고 싶어서다. 어떤 직무에서 일을 하든 그 근본에는 영업마인드가 있어야만 직장생활이 가능하다. 영업마인드는 상대방에 대한 배려와 상황에 대한 인내를 전제로 한다. 사회생활은 언제나 상대가 있다는 측면에서 매일 매일이 영업을 하고 있다고 해도 과언이 아니다. 사내에서, 사외에서, 개인적으로 그래서 상대방과의 관계 형성을 위해서는 최소한의 배려와 특히나 안 좋은 상황에 처했을 때, 그 상황을 버티는 힘이 우선되어야 하다는 것을 강조해 주고 싶었다.

사람을 대하는 것이 어렵고 힘들다고 말하는 학생들이 많다. 하지만 다시 생각해보면 그건 본인이 만들어 놓은 틀 속에 갇혀 있는 꼴이다. 그럼에도 불구하는 나에게는 가족이 있고, 친구가 있고, 좋은 감정으로 만나는 사람이 있지 않은가. 그렇다면 나는 결코 사람을 대하는 것이 힘들지 않은 것이다.

진로를 결정하려고 하는 이 시점에 "사회생활의 기본이 결국에는 사람을 대하는 것이구나."라는 것을 다시 한번 생각해볼 수 있었으면 하는 마음에서 꺼내 본 글귀이다.

잘못을 고치지 않는 것,
이것을 잘못이라고 한다

법을 위반하는 것이 아닌 이상, 인륜을 거슬리는 것이 아닌 이상 우리는 언제든 잘못이라는 것을 하게 된다. 나 또한 수많은 시행착오와 잘못들을 하면서 살아왔다. 그러는 과정에서 학생들에게 수많은 고민을 듣고 함께 공유하면서 일관되게 해주는 말이 있다.

진로를 설정한다는 것, 직무를 선택하다는 것, 업종과 기업을 선택한다는 것. 정답은 없지만, 이유는 분명해야 하고 검증이 가능해야 한다는 것이다.

지금의 고민과 결정이 후에 잘못된 것이었다고 후회라는 것을 하게 될지는 모르겠지만, 한 치의 고민도 없이, 스스로 본인과의 진솔한 상담도 없이 진로를 결정한다는 것은 있어서는 안된다고 생각했다.

내가 얘기하는 여기에서의 잘못은 진로에 대해 고민할 때 본인 자신이 가장 잘할 수 있는 일을 찾으려고 하는 치열한 노력을 하지 않은 것을 지칭한다. 그런 잘못을 고치지 않는 것. 우리는 그것을 잘못이라고 말한다. 잘못을 알았으면 고쳐야 한다.

그런 의미에서 이 책을 통해 내 진로, 내 직무, 내 업종을 찾아보는 계기가 되었으면 한다.

이메일 주소는 또 다른 내 명함

본인이 가지고 있는 현재의 이메일 주소를 한번 보자. 개인적으로 지인들과 나누는 메일 주소는 어떻게 하든 상관없다. 하지만 사회생활용으로 사용되는 메일 주소는 달라야 한다. 핸드폰번호와 이메일 주소는 사회생활을 하는 데 있어서 또 다른 내 얼굴인 것이기에, 이메일 주소는 쉽게 이미지화할 수 있는 것으로 추가하거나 바꿔야 한다.

요즘은 종이 명함이 의미가 없어졌다고는 하는데, 그냥 리멤버 (App)에 등록만 하면 된다고 하는데, 어쨌든 실제로 첫인사는 종이 명함이다. 그 명함에는 회사명 / 부서명 / 담당업무 / 직급 / 성명 그리고 전화번호(요즘은 개인 폰 번호는 안 적은 경우도 많지만). 마지막으로 메일 주소를 적게 되어 있다. 개인 폰 번호를 안 적는 사람도 메일 주소는 적는다. 사회생활의 기본이니까.

그렇다면 더더욱 사회생활용 메일 주소는 본인을 알리는 최적의 수단이니, 누구나 아는 친근하고 쉬운 영어단어에 본인 핸드폰번호 뒷자리 4개를 포함해서 활용해 보자. 그러면 알기 쉽고 잘못 기재할 가능성도 적고 핸드폰번호, 이메일 주소 둘 다 알리는 효과가 있으니까.

최악의 이메일 주소는 본인의 이름을 읽히는 대로 영문으로 작성한 암호화 같은 것과 쓸데없이 본인만 아는 상징적인 의미의 영문을 사용하는 것이다. 그건 최소한 상대방에 대한 배려가 아닌 것이다. 오타가 날 수 있는 가능성이 항상 존재하기 때문이다.

그냥 지나칠 수 있는 이런 것들이 사회생활에서는 중요하다는 것, 그것만 공유하자.

참고로 나의 이메일은 내 성인 문을 거꾸로 한 곰+마음(내 마음) gommaum@naver.com 이다. 참고로 네이버, 구글은 복수의 메일주소를 생성할 수 있다.

책을 마무리하며

    책을 쓰기까지 많은 고민과 용기가 필요했다. 글 재주가 있는 것도 아니고 해서 더더욱 망설였지만, 수많은 학생들의 보이지 않는 응원과 나에게 세상 살아갈 수 있는 이유가 되어 준 가족의 지원으로 글을 쓰기 시작했다.

    쓰고 나니 그리 긴 시간이 필요한 것은 아니었다. 평상시에 만났던 학생들, 그들을 대상으로 수없이 했던 특강들 그리고 상담들. 그 속에 모든 것들이 있었기 때문이다.

    거기에다 기억력이 턱없이 부족한 나이기에, 모든 것을 기록으로 남기는 습관의 흔적들이 이 책을 쓰는데 원동력이 되어 주었다.

    책 저자가 되는 것 자체는 나에게 의미가 없다. 나에게 있어 이 책의 의미는 학생들의 답답해하고 막막해하는 그 모습, 진로를 고민하는 그들에게 작은 초보적이고 현실적인 진로 가이드를 해주고 싶었다는 것이다.

이 책이 나오기까지 도움을 주신 프로방스 조현수 회장님과 주위의 지인들, 학교관계자 그리고 가족에게 감사드린다.

학생들과의 추억을 함께하며 영원히 학생들을 위한 작은 Care에 최선을 다할 것을 다시 한번 다짐해 본다.

자발적 축제 조공….

결국에는 얼굴 없는 실장으로 남는 걸로 축제에 못 갔어요.

미안요!!!!

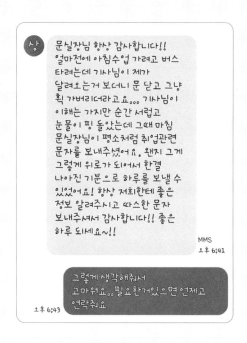

상 문실장님 항상 감사합니다!!
얼마전에 아침수업 가려고 버스
타려는데 기사님이 제가
달려오는거 보더니 문 닫고 그냥
휙 가버리더라고요... 기사님이
이해는 가지만 순간 서럽고
눈물이 핑 돌았는데 그때 마침
문실장님이 평소처럼 취업관련
문자를 보내주셨어요. 왠지 그게
그렇게 위로가 되어서 한결
나아진 기분으로 하루를 보낼 수
있었어요! 항상 저희한테 좋은
정보 알려주시고 따스한 문자
보내주셔서 감사합니다!! 좋은
하루 되세요~!!

MMS
오후 6:41

그렇게 생각해줘서
고마워요... 필요한거있으면 언제고
연락줘요

오후 6:43

헬렌 켈러의 말을 끝으로 이 책을 마무리해 본다.

"나는 한 인간에 불과하지만, 오롯한 인간이다.
나는 모든 것을 할 수는 없지만, 무엇인가 할 수 있다.
그러므로 나는 내가 할 수 있는 것을 기꺼이 하겠다."

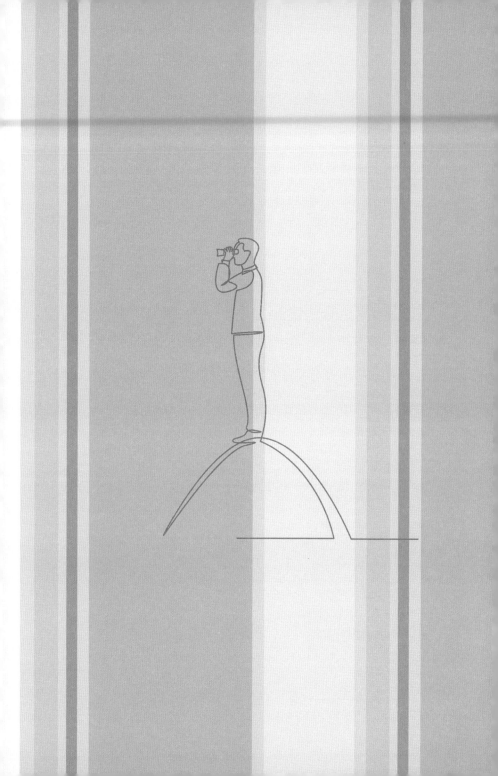

Happy Job

초판인쇄	2023년 7월 18일
초판발행	2023년 7월 25일

지은이	문현호
발행인	조현수
펴낸곳	도서출판 더로드
기획	조용재
마케팅	최관호 최문섭
편집	이승득
디자인	호기심고양이

주소	경기도 고양시 일산동구 백석2동 1301-2
	넥스빌오피스텔 704호
전화	031-925-5366~7
팩스	031-925-5368
이메일	provence70@naver.com
등록번호	제2015-000135호
등록	2015년 06월 18일

정가 16,800원
ISBN 979-11-6338-393-2 03810

파본은 구입처나 본사에서 교환해드립니다.